Kratzert · Beckenbauer taucht nicht auf

ARMIN KRATZERT

BECKENBAUER TAUCHT NICHT AUF

ROMAN

P. KIRCHHEIM VERLAG

zehn

Meine Wohnung hat ein Fenster zum Hof, von dem ich auf eine hohe Brandmauer schauen kann, auf das Glasdach einer Bäckerei und auf eine Anzahl weiterer Öffnungen, solche, hinter denen Büros liegen, schlichte Flure oder auch nur Küchen, die meiner Nachbarin zum Beispiel, welche, ebenso wie ich, erst vor kurzem in dem Haus eingezogen ist.

In dieser Küche gibt es einen Holztisch, eine Lampe und einen breiten Stuhl, und jetzt stellt meine Nachbarin, die gar keine Kleider trägt, einen Teller dazu, auf dem verschiedene Stücke frischer essbarer Pflanzen liegen.

Ich habe so etwas schon gesehen, in Läden, die Erzeugnisse der Landbevölkerung zum Verkauf anbieten, manche dieser Produkte müssen geschält oder erhitzt werden, andere werden in Streifen geschnitten und roh verzehrt.

Meine Nachbarin scheint die Regeln zu kennen, sie isst eine kleine grüne, dann ein Stück einer roten Frucht, deren Saft herunter trieft, sie wischt ihn von ihrer Haut und nimmt ein zweites Stück der roten Pflanze.

Noch mehr helle Flüssigkeit rinnt heraus, läuft über ihre Hand, meine Nachbarin rutscht etwas auf dem Tisch hin und her und sitzt jetzt ganz in dem flirrenden Rechteck aus gelbem Licht, das die durchs Fenster flutende Sonne in die Küche zeichnet.

Es muss warm dort sein, denn der Raum ist ja nicht groß, und meine Nachbarin verstreicht den herab getropften Saft auf ihrem Bauch, öffnet ihre Schenkel und legt nun ein größeres Stück der roten Frucht zwischen die Beine.

Das fühlt sich kühl und erfrischend an, vermute ich, auch wenn ich derlei Praktiken noch nie beobachtet habe.

Sie schiebt dieses Nahrungsmittel etwas auf und ab und drückt es dann fester an ihren Körper, bohrt es geradezu hinein, dies löst offenbar anregende Effekte aus, denn meine Nachbarin schließt nun die Augen und lächelt.

Sie fasst an ihre linke Brust, wölbt das Becken vor, ihr ganzer Körper scheint jetzt zu beben, auch zeigen sich rötliche Flecken auf ihrem Bauch und an ihrem Hals, die, wenn meine bis jetzt erworbenen Kenntnisse der menschlichen Körperfunktionen nicht trügen, auf eine erheblich gesteigerte Durchblutung der oberen Hautschichten schließen lassen.

Meine Nachbarin wirft den Kopf nach hinten und wieder vor, erzeugt eine akustische Amplitude, ich glaube, einen gedämpften Schrei zu hören.

Sie verharrt, vornüber gebeugt, bebend, dann rutscht sie vom Tisch, steht auf, stabilisiert den Körper in der Vertikalen, schüttelt ihre Haare, streicht Reste der roten Frucht von den Beinen, tritt, nackt, wie sie ist, ans Fenster, atmet tief durch und verschwindet im Dunkel jenseits der Küche.

Auch ich liebe die Sonne, sie tut mir gut, ihr Licht lädt meine Akkumulatoren mit einem hinreichenden Teil der benötigten Energie, und obwohl die auf der Erde eintreffende ultraviolette Strahlung meinen Bedürfnissen nicht ideal entspricht, suche ich so oft als möglich hoch gelegene Plätze auf, entledige mich meiner Schutzhüllen und speichere Kraft.

Am effektivsten geht das, wenn ich die Augen weit öffne und aufs lodernde Zentrum des Sterns fokussiere.

Dieser Anblick scheint aber die Menschen zu erschrecken, die gelegentlich vorbei kommen, so dass ich mich den hiesigen Sitten anpasse und am Strand des Flusses zu liegen komme, mit Decke, Sonnenbrille, schützendem Öl.

Der Nachbarin begegne ich später auf der Treppe, sie trägt die Reste ihrer Mahlzeit zur Tonne und scheint sehr entspannt.

Ich denke selbstverständlich daran, zu lächeln, sie aber, deren Namen ich noch nicht kenne, blickt etwas irritiert auf meine Beine und wie ich sie auf die Stufen setze.

Es ist ein elegantes Rollen, finde ich, das ich gleich zu Anfang irgendwo abgeschaut habe, aber vielleicht sollte ich den Bewegungsablauf doch etwas eckiger anlegen, stoßhafter, als wäre er tatsächlich von Muskeln gesteuert.

Dass da drüben jemand eingezogen ist, hat mir niemand gesagt, die Wohnung steht schon lange leer, man sieht keine Möbel darin und abends nie Licht.
Heute habe ich einmal kurz gedacht, einen Schatten zu sehen, irgendetwas, das sich bewegt, das war ein bisschen unheimlich, und jetzt treffe ich diesen Kerl im Treppenhaus, ein Riese, mit ganz hellen, irgendwie stechenden blauen Augen, aber freundlich, er lächelt nett, ein bisschen schüchtern vielleicht.
Ich bilde mir ein, das Gesicht schon einmal gesehen zu haben, aber ich komme nicht darauf, es muss ein ganz anderer Zusammenhang sein, Fernsehen, eine Reise, in der Kirche womöglich. Ich kann ihn ja einmal fragen, wenn wir uns besser kennen, heute ist keine Zeit, ich bin spät dran ins Büro, und er rauscht auch gleich ab, wie die Eisenbahn.

Nach München bin ich vor wenigen Tagen gekommen.

Die Stadt war zuerst nichts als ein lange vorher definierter Punkt im Koordinatenkreuz meiner Navigation gewesen, zu einer bestimmten Zeit unter einem günstig flachen Winkel anzusteuern.

Es zeigte sich, dass zwar die örtliche Atmosphäre, die sehr feuchte, an Sauerstoff und Kohlendioxid reiche Gashülle, mein Ankommen eher erschwerte, die Stadt München aber in jeder Hinsicht ideale Bedingungen aufweist, da sie dicht bebaut und sehr bevölkert ist, voller Schlupfwinkel also, und angefüllt mit Individuen, die vielgestaltiger, fremdartiger und, besonders in ihrer Sprechweise, überraschender sind, als wir bisher vermutet haben.

Da meine Reise weit und beschwerlich gewesen ist, begnüge ich mich erst einmal mit dieser Feststellung, verberge mich in den dunklen Katakomben archaischer, hier aber durchaus noch üblicher Fortbewegungsmittel, und ruhe eine Zeit lang, regeneriere das System, sorge für wiederhergestellten Gleichlauf, kapsele meine Hülle und lade die Sensoren.

Der Grund für mein Herkommen ist geheim, ich bin angewiesen, fürs erste alles zu vermeiden, was Hinweise auf ihn gibt, oder Rückschlüsse erlaubt.

Statt dessen soll ich mich einleben, wie man hier sagt, die Gewohnheiten der Bevölkerung ausspähen, ihre Kultur lernen, mich anpassen, ganz vorsichtig, aus der Deckung heraus.

Denn es ist schon viel zu oft vorgekommen, dass meinesgleichen entdeckt, gejagt, vertrieben oder, schlimmstenfalls, auch eliminiert worden ist.

Versteckt soll ich also bleiben, getarnt, ganz still.

Doch dann beginne ich zu schauen, ich vermesse die Stadt, zähle ihre Einwohner, schätze wesentliche Parameter, ich kalkuliere die für meine Pläne wirksamen Faktoren, erwäge, ein kleines Exemplar der hier verbreiteten Spezies zu fangen und in Scheiben zu schneiden, und verwerfe diese Idee wieder, da sie für mein eigentliches Vorhaben im Moment nicht wirklich erforderlich und zielführend ist.

Auf ein paar Dinge sind sie offenbar ziemlich stolz hier, sie tauchen auf allen Bildern auf, die wir haben.

Eine lange Straße mit einer Art Tunneleinfahrt am Ende zum Beispiel, schneebedecktes Gebirge darüber, ein altes Haus aus gebrannten Lehmziegeln mit zwei plumpen Türmen, ein sogenannter Mensch mit dickem Bauch und weißem Bart, der viel zu kurze lederne Beinkleider trägt, und eine niedrige, dampfige Halle aus Zeltbahnen, in der dichtgedrängt erhitzte Kerle sitzen und schaumige Flüssigkeiten aus sehr großen Krügen in sich hinein schütten.

München ist des Landes Hauptstadt und mit rund 1,3 Millionen Einwohnern gleichzeitig größte Stadt des Freistaates Bayern, die drittgrößte Stadt Deutschlands sowie die zwölftgrößte der Europäischen Union.

Die Stadt ist eines der wichtigsten Wirtschafts-, Verkehrs- und Kulturzentren der Bundesrepublik und eine der prosperierendsten Städte Europas, außerdem Zentrum der Metropolregion München sowie Verwaltungssitz des Regierungsbezirks Oberbayern.

Diese Informationen entnehme ich einem beliebten Lexikon, das über ein auf der ganzen Erde verbreitetes, rechnerbasiertes Kommunikationssystem zugänglich ist.

Zu meinem Erstaunen werden die Inhalte dieser Enzyklopädie von ihren Lesern erstellt, sie schreiben also selbst auf, was sie gar nicht wissen und vielleicht später einmal nachsehen wollen.

Die Bewohner der Stadt München bewegen sich in bodengebundenen Fahrzeugen mit einem Antrieb, der fossile Stoffe verbrennt.

Diese Mobile drängen sich auf schmalen Bahnen durch die Stadt, und als ich Gelegenheit bekomme, ein vorübergehend abgestelltes, leeres genauer anzusehen, bemerke ich, dass es im Inneren gepolsterte Sitze, einen Ring zur Steuerung, wenige Instrumente zur Anzeige von Betriebstemperatur und Laufleistung sowie einige Beleuchtungskörper enthält.

Die wenigsten dieser Mobile scheinen jedoch persönlich modifiziert zu sein, ich kann weder genetische Markierungen noch überhaupt in relevanter Menge benutzerspezifisches Biomaterial finden.

Meine Nachbarin hat kein Auto, sie will auch keines, erklärt sie mir, da diese Gefährte nicht nur in erheblichem Maß vorher zu besorgende Tauschmittel bei der Anschaffung erfordern, sondern vor allem in nicht akzeptabler Weise die sie umgebende Welt, also die Erde, mit Schadstoffen verschmutzen.

Deshalb vertraut sie sich jenen anderen Verkehrsmitteln an, die unter dem Boden rumpeln, oder geht zu Fuß, was sie, wie ich feststellen kann, auf höchst anmutige Weise tut.

Sie trägt jetzt ein bezauberndes weißes Kleid, das durch die Form ihres Körpers gefüllt wird, und informiert mich, dass sie Rita heißt, ein Name, der mir sofort gefällt, wenn ich ihn auch noch nie zuvor gehört habe.

Rita ist auf dem Weg zu ihrer Beschäftigung, nicht weit von hier, wie sie behauptet, von neun bis fünf im Büro, sagt sie mir, und abends wäre ja viel Zeit, sie liebe das Kino.

Erst hat er es so eilig gehabt, und jetzt lungert er
hier auf der Straße herum, als warte er auf etwas,
bestellt und nicht abgeholt, so sieht es aus.
Zwischen den Leuten wirkt er nun wenigstens
nicht mehr so riesig, ganz normal eigentlich, ein
guter Kopf, schöne Hände, aber er bewegt sie
immer noch ein bisschen komisch, und die
Kleider, die er trägt, sind ihm zu klein, der ganze
Körper ist richtig hineingezwängt.
Man müsste mit ihm einkaufen gehen, die
Sachen sehen schon so aus, als hätte er Geld, er
braucht einfach jemanden, der auf ihn achtet.

Wo ich herkomme, gibt es keine Menschen, nur meinesgleichen.

Doch in meinen Träumen habe ich die Erde bereits gesehen, sie war darin allerdings von ungeheuren, walzenartigen Wesen bewohnt, die mich erschreckten, wie sie fleischig und fahlfarben und weich übereinander rollten, purzelten, sich überschlugen, zahllos, offenbar sexuell aktiv.

Sie hatten wohl Augen, aber sonst keine äußerlich sichtbaren Sinnesorgane, eine dicke, faltige Haut, deren müdes Rosa zum Abschilfern neigte, und auch wenn ihnen eine jeweils eigene Stimme fehlte, sprachen sie doch, im Kollektiv erzeugten sie ein Brummen, Plappern, Murmeln, das diffus war und leise, sich aber unvermutet zu einem Kreischen erheben konnte, einer aggressiven, sinnlosen Suada.

Und dieser scheußliche Traum kehrte immer wieder, er fiel mich oft schon an, so erinnere ich, bevor ich überhaupt eingeschlafen war, trieb mich, voller Furcht, herum, bis ich hinaus ging, in die lichtblaue Atmosphäre, wo mich duftende Gase beruhigten, wenn auch die Angst blieb, eines Tages auf genau diesen Planeten geschickt zu werden.

Wir alle bekommen schließlich unsere Aufträge, sobald wir alt genug sind.

Wir werden vervielfältigt, aufgezogen, genährt, programmiert, um einst einem bestimmten Zweck zu dienen.

Und nur wenige von uns sind ausersehen, eine wirklich wichtige Mission zu erfüllen, draußen, in der Kälte, der Tiefe des Raums.

Es handelt sich bei uns um eine zweiarmige Balkenspiralgalaxie, die aus 100 bis 300 Milliarden Sternen besteht, sowie großen Mengen interstellarer Materie, die nochmals 600 Millionen bis einige Milliarden Sonnenmassen ausmacht.

Die Ausdehnung in der Galaktischen Ebene beträgt etwa 100 000 Lichtjahre, die der zentralen Ausbuchtung 16 000 Lichtjahre, die Dicke 3000 Lichtjahre, und die Gesamtmasse wird auf 1,9 Billionen Sonnenmassen geschätzt.

Der Planet Erde ist nicht besonders groß, es gibt dort fast überall Ozeane, und auch auf dem festen Land erhebliche Flächen, die von den Bewohnern noch nicht richtig erschlossen worden sind.

München liegt auf einer Ebene mit ziemlich unschönem Bewuchs und einigen Gewässern, im Süden stört Gebirge, im Osten von Wildgetier bewohnter Wald.

Dies alles zeigt, dass die Gegend wohl nicht allzu lang zivilisiert ist.

Vermutlich gibt es die Stadt erst seit ein paar tausend Jahren, und als ob die Bewohner stolz darauf wären, haben sie einige sehr alte Gebäude stehen lassen, muffige Hallen mit Türmen etwa, deren Nutzen nicht zu ergründen ist, und einige verwitterte Behausungen, in denen lange Züge aus Metall abgefertigt werden.

Es gibt also durchaus Momente, da ich mich frage, was ich hier soll, warum der Rat mich auf diesen so entfernten wie rückständigen Planeten gesandt hat.

Denn auch wenn ich meinen Auftrag genau kenne, sehe ich doch inzwischen Gründe, an der Stichhaltigkeit der ihm zugrunde liegenden Überlegungen zu zweifeln.

Auf der Straße begegnet mir an diesem Morgen ein kleiner Junge in rotem Fußballtrikot, der helle Augen hat und ein frisches Gesicht.

Er grüßt mich, als ob das nichts besonderes wäre, und als ich stehen bleibe, wie es üblich ist, fragt er, ob ich etwas verloren habe, ob er mir helfen könne.

Das rührt mich sofort, ich erzähle dem Jungen, dass ich erst seit kurzem in der Stadt sei und eben eine Wohnung in der Nähe bezogen habe.

Auch er lebt in dieser Straße, stellt sich nun heraus, lange schon, er ist in der Stadt München aufgewachsen, und er wünscht sich eine große Wiese vor sein Haus, auf der Tiere leben, unter Obstbäumen, auch kleine Zelte aus Gras sollen dort sein, davon träumt er, spitze Hütten, in denen man schlafen kann, wenn es zu heiß unter der Sonne wird, und in denen rote Beeren und kühles Quellwasser stehen, zur Erfrischung nach den Übungen.

Es ist sehr interessant, dies zu hören, denn es ergänzt meine Kenntnisse über Herkunft und Mythen der hiesigen Bewohner und gibt außerdem Hinweise, die überraschend deutlich auf meine Mission zielen.

Denn der Junge spielt das Spiel, er spricht davon zu mir, er ist Mitglied in einer Bruderschaft, die sich zu regelmäßigen Einheiten trifft.

Er tut es, seit er denken kann, es ist das Selbstverständlichste für ihn wie die meisten seiner Freunde.

Sie versammeln sich wöchentlich auf einem Geviert, um zu üben, unter der strengen Anleitung des Meisters.

Und fast täglich laufen sie mit dem Ball auch auf die Straße zum Bolzen, um neue Volten zu probieren und mit raffinierten Pässen zu prahlen, mit Haken, Dribblings oder Köpfern.

Der Junge, dessen Name Tschorsch ist, oder so ähnlich, der Junge gesteht auch, nachdem wir einige Zeit auf der Straße gestanden und geplaudert haben, dass er manchmal Angst habe vor dem Spiel, dass er renne und kicke und immer gern mitlaufe, sich aber nicht traue, einmal richtig anzugreifen, seinen Mann zu stellen, den Ball zu erobern, entschlossen nach vorn zu stürmen, ins Gewimmel der Gegner, ins knochenbrecherische Gewühl.

Er fürchte sich sehr davor, und traue sich nicht, das seinem Meister zu sagen, dem Führer des Haufens.

Denn wirklich nichts liebt er mehr als das Spiel, er muss dabei sein, Tschorsch will nichts anderes, er trägt die Farben seiner Mannschaft selbst in der Schule, in den Ferien, nachts im Bett, er sammelt Bildchen, unscharfe kleine Portraits seiner Helden, und saisonale Plakate in grellen Farben, die er aus Zeitungen schneidet.

Sein Zimmer ist tapeziert damit, ein Tempel also, so wie es Tschorsch beschreibt, ein Heiligtum dieses Sports.

Und Beckenbauer ist sein Priester, Franz Beckenbauer, der Gott-aus-Giesing, der Kaiser, wie die Leute hier sagen.

Er hat das Spiel erfunden, vor langer Zeit, und in die Welt getragen, das haben wir herausgefunden.

Wir besitzen genaueste Informationen über Beckenbauer, oder Franz, wie es richtig heißt, es gibt Scans seiner DNA im Speicher des Instituts, eine Niederschrift des ersten Spiels, die Reste eines 1978er Auswärtstrikots von Cosmos New York sowie die leider schlecht erhaltene analoge Aufzeichnung der Hymne, die er komponiert hat: Gute Freunde kann niemand trennen.

neun

Nun sage auch ich dem Jungen meinen Namen, Anatol Hinueber, so habe ich ihn mir ausgedacht, ein schöner Name, dabei unauffällig, denn niemand hat bisher entdeckt, wie diese Buchstabenfolge dem, der sie zu entschlüsseln vermag, meine Herkunft verrät.

Anatol, sagt der Junge und lächelt, so heißt hier aber niemand, ich wackele ein bisschen mit dem Kopf, Anatol, der Junge wiederholt meinen Namen, Anatol Hinueber, das klingt seltsam, wo kommst du her, fragt er, von hier bist du nicht, da heißt keiner so.

Anatol, du bist so groß, und du weißt nicht viel über Fußball, das ist nicht normal, wo bist du aufgewachsen, mit wem hast du gespielt, wer war dein Trainer.

Anatol, das musst du wissen, jeder fragt dich nach deiner Liga, deinem Klub, deiner Position, Sturm, Mittelfeld, Verteidigung, irgendwo gehörst du hin, wenn du kein Mädchen bist, sag mir, Anatol, wo du zuhause bist.

Fußball wird von zwei Mannschaften mit je elf Spielern auf einem rechteckigen Spielfeld gespielt, üblicherweise 68 auf 105 Meter groß, und Ziel des Spiels ist, den Ball öfter in das gegnerische Tor zu befördern, als es der Gegner schafft, wobei ein Tor nur zählt, wenn der Ball zur Gänze hinter der Torlinie zu liegen kommt.

Fußball ist sowohl die Bezeichnung für die Sportart wie auch für das Sportgerät selbst.

Tschorsch hüpft ungeduldig auf und ab, ich glaube, er will wirklich wissen, wo ich herkomme, er ist es gewohnt, Fragen zu stellen und Antworten zu erhalten, das wird mir jetzt klar.

Ich habe nicht damit gerechnet, dass auf der Erde so direkt kommuniziert wird, unter Missachtung jeder schicklichen Form, vielleicht ist der Junge schlecht erzogen, kann sein, ungebildet ist er nicht, er kennt ja die Regeln des Spiels, praktiziert den Sport.

Wahrscheinlich achten seine Berechtigten zu wenig auf ihn, scheuen die Anstrengung, den Konflikt.

In der Luft über uns knattert plötzlich ein Schrauber, kleines grellgelbes Exemplar, ich kann nicht sehen, ob es von der aktiven Sorte ist.

Das macht mich nervös, der Schrauber kreist, verschwindet hinter den Häusern im Westen, steigt südlich schnell wieder auf, lärmt in die Winkel der Straße, steht im Himmel.

Das ist nicht gut, was kann das bedeuten, ich wünschte, dass er verschwände, ich will nicht, dass er seine Lichter auf mich richtet, Dunkelheit, Deckung, das brauche ich jetzt.

Tschorsch sieht mich an, da ist etwas in seinem Blick, Misstrauen, Zweifel, Furcht, es behagt mir nicht, egal, was der Junge jetzt denkt, mit einem Satz bin ich im Schatten, unter der Tür, dematerialisiere mein aktuelles Äußeres und gleite ins Haus.

Ich finde den Großen schon ganz okay, er ist die Straße heruntergekommen und hat dabei ständig den Kopf nach links und rechts gedreht, gleichmäßig und langsam wie ein Radar, ein bisschen seltsam, als suche er etwas, irgendetwas kleines, das in der Gegend versteckt ist.

Ich fragte ihn, ob ich helfen könne, und er ist erst einmal richtig erschrocken und stehen geblieben und hat mich angeschaut, als sähe er zum ersten Mal einen Menschen.

Dann hat er schnell geredet und mich ausgefragt und sich nach Beckenbauer erkundigt, offenbar denkt er, Jungs interessieren sich grundsätzlich nur für Fußball.

Dabei ist mir das gar nicht so wichtig, ich spiele manchmal im Park mit den Kindern aus meiner Klasse, aber im Sommer gehe ich lieber schwimmen, und dieser Typ redete und fragte, und ich merkte auch gleich, dass er selbst nicht viel vom Fußball verstand.
Überhaupt hat er etwas eigenartige Ansichten, keine Ahnung, wo er herkommt, Anatol heißt er, Anatol Hinueber, das hat er gesagt.
Wo heißen denn die Leute so, ich weiß es nicht, und dann kam der Helikopter vorbei, er flog drüben am Fluss, ganz normal, knatterte kurz und weg war er, aber Anatol ist furchtbar erschrocken, ein Blick, ein Zittern, und er ist in der Tür verschwunden, wie der Blitz.

Gucken, das Wort hat Tschorsch benutzt, mal gucken, und er meinte schauen damit, etwas ansehen, prüfen, wie es sich verhält, ein Bild machen, etwas aufnehmen.

Also stehe ich nun am Fenster und gucke, schaue auf die Stadt München, sehe alles an, prüfe, wie sich die Sache verhält, mache mir ein Bild, nehme Eindrücke auf, und merke, dass ich nicht weiter weiß.

Wir haben eine ziemlich genaue Vorstellung von den Verhältnissen auf der Erde, und München ist ja keine außergewöhnliche unter den Städten dieses Planeten.

Und doch habe ich soeben erfahren müssen, dass meine Vorbereitung nicht ausreicht, selbst ein Kind spürt, dass etwas Fremdes an mir ist.

Das Auftauchen eines wahrscheinlich vollkommen harmlosen Flugobjekts genügt, die Situation in fataler Weise eskalieren zu lassen, ich habe die Kontrolle verloren, fühle mich entdeckt, erkannt, entlarvt, fürchte einen Aufschrei, das Zusammenrotten der Hiesigen, die Jagd: Ich habe Angst.

Franz Anton Beckenbauer wurde geboren am 11. September 1945 in München, als Sohn des Postobersekretärs Franz Beckenbauer sen. und dessen Frau Antonie.

Das ist das Mantra, das ich mir jetzt vorbete, um mich zu beruhigen, einfache, gesicherte Wahrheiten.

Franz Beckenbauer lernte das Fußballspielen beim SC 1906 München und debütierte beim FC Bayern am 6. Juli 1964 in der Aufstiegsrunde zur Bundesliga gegen den FC St. Pauli.

Damit erinnere ich mich wieder an meinen Auftrag, das sind die Fakten, nur sie definieren die Lage.

Erstes Länderspiel nach nur sechs Bundesligaauftritten am 26. September 1965 in Stockholm gegen Schweden, dort 2:1 gewonnen und damit für die Fußballweltmeisterschaft 1966 in England qualifiziert, was auch immer man hier darunter versteht, unter einer Fußballweltmeisterschaft, so ist es jedenfalls überliefert, alle Quellen stimmen in dieser Sache überein.

Beckenbauers Stern begann im Sommer 1965 zu strahlen, heller als alles andere, so hell, dass es nicht nur auf diesem Planeten registriert wurde.

Es konnte gar nicht übersehen werden.

1969 zum ersten Mal deutscher Meister mit dem FC Bayern, Fußballer des Jahres 1974, und so weiter, eine Karriere ohne Beispiel, die perfekte Kombination von Talent, Körper, Plan.

Genetisches Material also, das Zukunft hat.

Die Sonne senkt sich über München, ich sehe zu, wie sich der Himmel färbt und ein roter Schein über die Dächer wandert.

Einen Moment lang dauert die Dämmerung, flackern Lichter, schwirren Vögel, dann kommt die Finsternis, viel schneller als zuhause, wo die Tage Jahre dauern und die Nächte nie enden wollen, dunkel, blau und schön.

Durch ihre Oberflächentemperatur von 5778 Kelvin fällt die Sonne in die Spektralklasse G2 und hat die Leuchtkraftklasse V.

Ein G2V-Stern also, ein durchschnittlicher, gelb leuchtender Zwergstern, der sich in der etwa 10 Milliarden Jahre dauernden Hauptphase seiner Entwicklung befindet, im Hertzsprung-Russell-Diagramm der Hauptreihe angehört und erst etwa 4,57 Milliarden Jahre alt ist.

Ich brauche nicht zu schlafen, mein Organismus erholt sich durch Nutzung paralleler energetischer Strukturen, so bleibe ich nachts aktiv, streiche durch die Wohnung und memoriere frisch aufgenommene Informationen.

Natürlich nutze auch ich die auf der Erde üblichen Medien elektronischer Datenkommunikation, das ist hier alles aufgebaut und liefert ständig Anregungen, die allerdings oft eher anekdotischer oder folkloristischer Art sind, denn ernst nehmen kann man ja wohl nicht, was da gesendet wird.

Manchmal aber in diesen Nächten dehnt sich die Zeit ins Unendliche, ich stehe da, starre irgendeinen Punkt an und weiß nicht, wie lange.

Dabei merke ich, wie sich Leere in mir ausbreitet, Überdruss, so etwas wie Heimweh, das sind gefährliche Momente, da solche Phasen der Mattheit mein Ressourcenmanagement ungünstig beeinflussen.

Es kann passieren, dass vorübergehend unteraktive Bereiche heruntergefahren, dass plötzlich Transmitter stillgelegt oder für Fremdaufgaben umgeschaltet werden; das reduziert mein Reaktionsvermögen erheblich, weil die uneingeschränkte Prozessorleistung erst nach einem Neustart wieder zur Verfügung steht.

Und mit solchen Sachen ist nicht zu spaßen in der Fremde, an Orten wie der Stadt München, wo die Sonne nie blau scheint.

Es hat sich also gezeigt, dass ich noch nicht optimal auf die Verhältnisse in München eingestellt bin, dass Erfahrungen fehlen, Kenntnisse, Verhaltensmuster, und wahrscheinlich ist es großes Glück, dass sich das so früh herausgestellt hat, anlässlich einer wenig bedeutenden Maßnahme und mit entsprechend überschaubaren Konsequenzen.

Vielleicht ist genau das sogar Teil des Plans, eine Sollbruchstelle, bei der die Schäden von vornherein begrenzbar sind.

Das hieße allerdings, dass Tschorsch womöglich gar kein authentischer Einwohner ist, sondern virtueller Teil meines Trainingsprogramms für die Erde, eine Erscheinung somit, und Illusion, was er mir gesagt hat, Hysterie, wie ich antwortete, Inszenierung, auf welche Weise ich nun herumstehe, hier in meiner Wohnung.

Ein Tisch aus Holz mit schmutzigschwarz lackierter Platte, ein weißer Stuhl, ein roter Stuhl, ein Stuhl aus Aluminium, ein Schrank, eine mit übelriechendem Gas betriebene Kochstelle, ein summender heller Kasten, dessen Innentemperatur niedriger ist als die der Umgebung, das ist das Mobiliar des Raums, in dem ich mich jetzt aufhalte.

Von der oberen Begrenzung hängt, an einem fettigen Kabel, der Beleuchtungskörper, und Wasser tropft gleichförmig in ein metallenes Becken mit Loch.

Was mache ich hier, kann man fragen, und ich hätte die Antwort nicht sofort zu sagen gewusst.

Natürlich bin ich wegen Beckenbauer hier, der aber wohnt ganz woanders, ich habe ihn noch nicht einmal aus der Ferne gesehen, keine Gelegenheit gehabt, etwa seinen Körper auf Brauchbarkeit zu überprüfen.

Die Wohnung ist ganz zufällig mein Versteck geworden, meine Operationsbasis, von hier aus habe ich nun aufzubrechen, um meine Recherchen anzustellen, um das Terrain zu sondieren, einen Plan zu schreiben, denn zu kochen, so hieß das Wort wohl, beabsichtige ich nicht in meinen Räumen, auch arbeiten oder schlafen will ich hier nicht.

Man hat eben eine Wohnung, alle Leute, oft in Gruppen, seltener allein, so wie ich.

Der Vermieter hat die Hauptpflicht, die Mietsache dem Mieter in einem zum vertragsgemäßen Gebrauch geeigneten Zustand zu überlassen und sie während der Mietzeit hierin zu erhalten, ihr Eigentümer braucht er dabei nicht zu sein, während es die Hauptpflicht des Mieters ist, die vereinbarte Miete zu zahlen oder eine statt dessen vereinbarte Gegenleistung zu erbringen.

Die Nachbarin klingelt, sie trägt einen freundlichen Mund im Gesicht und hält mir eine braune Speise entgegen.

Das Material sei selbst besorgt, gemischt und erhitzt, erzählt sie und sieht mich an, als warte sie auf Zustimmung, oder eine andere positive Reaktion, jedenfalls scheint das eine Geste der Freundschaft zu sein, braune Speisen zu bringen, das merke ich, nehme mir vor, einmal ähnliches zu versuchen, möglichst bald.

Meine Nachbarin steht vor der Tür und spricht, späht dabei in den Raum hinter mir, als gäbe es da etwas zu entdecken, sie spricht von Nähe, dem Haus, von Zusammen, dem Wetter, ich verstehe sie nicht, betrachte ihr Fleisch, das Verhältnis von Masse und Energie.

Ist etwas brauchbar daran, frage ich mich, würde mir ihre Erscheinung nützen, wäre es vielleicht sogar leichter, in ihrer Haut zu stecken, sie scheint mir etwas klein zu sein, das hätte mich eingeschränkt, und die Vorstellung, mit ihrer Stimme zu reden, gefällt mir auch nicht so gut, also lasse ich sie, nicke, und schließe die Tür.

> Kann ja sein, dass ich ihn etwas überrumpelt habe, aber er hätte mich schon hinein bitten können, finde ich, jetzt, da wir uns schon ein bisschen kennen.
> Zu dem Kuchen wäre eine Tasse Kaffee gut gewesen, wir hätten uns ja in die Küche setzen können, ganz unverbindlich, nur plaudern, mich hätte einfach interessiert, wo er herkommt, was er hier macht, in München, ob er allein lebt, und was sonst eben alles noch wichtig ist.

Die Reise zur Erde ist lang genug gewesen, um verschiedene Modelle zu probieren, die wir gespeichert haben, unterschiedliche Körperformen in den gängigen Größen, die holografisch dargestellt werden und mit angeblich typischen Biografien, Soundmerkmalen und motorischen Gewohnheiten ausgestattet werden.

Wir haben Spezialisten für so etwas, Völkerkundler, die Exemplare von überallher besitzen, sie studieren und nachbauen, so dass jeder Reisende eine zum Zielplaneten passende Auswahl mitnehmen kann.

Natürlich funktioniert dann manches einfach nicht, auch gibt es Verwechslungen, ich hatte einmal eine sehr schöne Hülle für RZDZ ausgewählt, um bei meiner Ankunft feststellen zu müssen, dass dieser Himmelskörper von Rudeln lächerlich kleiner pelziger Wesen bevölkert ist, die mich mangels entsprechender Sensorien gar nicht wahrnehmen oder als ihresgleichen erkennen konnten.

Für solche Fälle haben wir allerdings immer die Option, eines der örtlichen Exemplare sicherzustellen, stillzulegen und zu bewohnen, das ist zwar nicht so bequem, aber letztlich wohl doch die zuverlässigste Methode.

Beckenbauer trägt braun karierte Beinkleider in meinem Dossier, zweifarbige Lederschuhe mit gestanzten Löchern in geschweiften Mustern, ein hellblaues Hemd, rot glänzenden Binder und eine plastikummantelte Magnetkarte, die an einem grünen Nylonband um seinen Hals hängt.

Die Unterwäsche ist gerippt, seine Rasur weniger als zwei Stunden alt und mit rotierenden Scherköpfen durchgeführt.

Er lächelt sein berühmtes Beckenbauerlächeln und trägt diese Brille im Gesicht, die uns schon früh aufgefallen ist, zwei Linsen, mit dünnen Metallbügeln verbunden, als Sehhilfe sicher nur hinreichend nützlich, doch offenbar für andere Zwecke vorgesehen, denn die Gläser sind getönt, sie bündeln das Licht und färben es blau.

Blaues Licht, das ist es, was Beckenbauer sehen will, eine Welt in ultramarin, wie bei uns zu Hause.

Blau ist der Farbreiz, der wahrgenommen wird, wenn Licht mit einer spektralen Verteilung ins Auge fällt, bei dem das Maximum im Wellenlängenintervall zwischen 460 und 480 Nanometern liegt, wobei Licht mit dieser Eigenschaft auch als Körperfarbe remittiert sein kann.

Es gibt Hinweise, dass Beckenbauer schon seit 1982 nach hiesiger Zeitrechnung diese blauen Brillen trägt.

Man weiß nicht, wie er darauf gekommen ist, zumal er ja nicht über unsere Kenntnisse und Erfahrungen verfügt, kann sein, dass er es gespürt hat, kann sein, dass es Zufall ist, kann auch sein, dass ihn eines Nachts, den Kopf hebend und in die sternengesprenkelte Schwärze des Alls schauend, eine Ahnung durchzuckte.

Fest steht jedenfalls, dass ihm seitdem alles möglich ist, dass Beckenbauer, an dem Tag, da seine Welt blau wurde, aufhörte, Fußball zu spielen, und vieles andere wurde.

Trainer, Manager, Funktionär, Teamchef, Golfspieler, Vater, Präsidentenkandidat, jedes glückt, alles gelingt, und nicht ohne Grund sprechen die Bewohner der Erde seit damals von ihm nur noch als der Lichtgestalt.

Ich muss hinaus, auf die Straße, ein paar Wolken sehen, den Wind spüren, die Helligkeit atmen, und ich muss endlich etwas tun, das mich weiter bringt.

Ich brauche Ergebnisse, einen Fang, so schwer sollte mir das nicht fallen.

Es gibt hier kleine Häuschen, in denen Einrichtungen zur Sprachübermittlung montiert sind, und oft liegen da auch zerfledderte Bücher mit Namen und Nummern, ich zwänge mich hinein, greife zu, blättere, finde den Eintrag, F. Beckenbauer, Hirschfelder Straße 74, München, Telefon 223 59 30 steht da tatsächlich, es ist nicht zu glauben.

Hirschfelder Straße, das liegt mitten in Giesing, nicht weit vom Bahnhof, irgendwo dort muss Beckenbauer auch aufgewachsen sein, er ist zu seinen Wurzeln zurück gekehrt, lebt wieder in den Straßen seiner Kindheit, das ist schön und berührend.

Ich stelle mir vor, wie er dort einen schrundigen Lederball über das Pflaster kickt, selbstvergessen, glücklich, während das Pfeifen einer Lokomotive durchs Viertel gellt, ein paar alte Frauen auf der Bank vor dem Haus sitzen und unter ihren schwarzen Kopftüchern hervor lächeln.

Während die Männer für die Jagd zuständig sind und umher streifen, regeln die Frauen das übrige Leben der Gemeinschaft, sammeln Wildgemüse und Früchte, bereiten Speisen, hüten das Feuer, sorgen für die Vorratshaltung, errichten Hütten, stillen die Säuglinge, ziehen die Kleinkinder heran und länger noch die Mädchen, bilden also das eher stabilisierende, engst verflochtene Netzwerk der Gruppe.

Die Hirschfelder Straße beginnt an einer weiten, unübersichtlichen Kreuzung, der Bahnhof ist nicht zu sehen, dafür Omnibusse, Kinderwägen, Baustellen, ein paar Bäume und ein von schnurrbärtigen Männern frequentierter Süpermarket, triste Wohnblocks in grau und ocker, mit hölzernen Läden an den Fenstern.

Ich trete durch eine zugige Einfahrt in den Hof, ein großes, asphaltiertes Dreieck voller Teppichstangen, abgedeckter Autos, Mülltonnen, Holzschuppen, ich laufe unschlüssig einmal herum, lese die Hausnummern, spähe über dunkle Treppen in feuchte Keller hinunter, stolpere über braune Grasflecken, und versuche mir vorzustellen, wie hier Kinder Fußball spielen, den Ball an die Hauswand kicken, sich in den Staub werfen, während ihre Mütter aus dem Fenster schauen und Ermahnungen rufen.

Dann beende ich meine Runde um den Hof, bleibe vor Nummer 74 stehen, vor einer braun eloxierten Aluminiumtür mit geriffeltem gelben Glas, und dort, links an der Wand, ist tatsächlich ein Klingelbrett mit diesem Namen angeschraubt, deutlich, in großen, roten Buchstaben steht da Beckenbauer, Friedrich Beckenbauer, Hausmeister.

acht

Natürlich weiß ich jetzt auch, warum ich so lang gezögert habe, zu dem Haus zu gehen und zu klingeln.

Ich habe gespürt, dass hier etwas nicht stimmt, dass dies der falsche Ort sein muss, dass Franz vielleicht irgendwo in dieser Gegend aufgewachsen ist, aber heute keinesfalls mehr in der Hirschfelder Straße wohnt.

Friedrich Beckenbauer, Hausmeister, mit solchen Leuten will man doch lieber nichts zu tun haben, jedenfalls nicht jetzt.

Warum also hier bleiben, warum klingeln, Hausmeister, habe ich gelernt, das sind im allgemeinen diese übellaunigen, vierschrötigen Gesellen in schmutziggrauen Arbeitskitteln, die immer irgendwelche Gegenstände über den Hof schleppen und einen Grund suchen, Kinder, Nachbarn oder Besucher zu beschimpfen.

Und Friedrich Beckenbauer wird bestimmt dauernd wegen seines Namens behelligt und ist darüber, da er selbst zwar gern, aber ohne jede Begabung Fußball spielt, längst verbittert, ja wütend, aggressiv geworden.

Wer Friedrich auf den großen Franz anspricht, muss damit rechnen, laut verhöhnt, ausgelacht, mit bösen Worten bespuckt zu werden als einer, der nicht unterscheiden kann zwischen dem Kaiser, dem Fußballgott, dem strahlenden Alleskönner, und einem Giesinger Hausmeister, zwischen Franz und Friedrich, oben und unten, Licht und Schatten.

Den Namen habe ich überhaupt nicht verstanden, Hiener, Hühner, oder Hinüber, der Mann hatte einen ziemlich eigenartigen Akzent.
Erst dachte ich, es sei jemand von der Hausverwaltung, die rufen immer zu so unmöglichen Zeiten an, außerdem gibt es da ein paar, die schlecht deutsch sprechen, ordentliche Leute, handwerklich sehr gut, aus Polen oder der Ukraine, können die Sprache eben noch nicht, aber der da war nicht von der Hausverwaltung und auch nicht aus dem Osten.
Die Stimme klang irgendwie metallisch, unangenehm, vielleicht hatte er eine schlechte Verbindung, kein Netz, leere Batterie.
Ich habe gar nicht kapiert, was er wollte, dass er hier im Hof gewesen sei, sagte er, und lang vor meiner Tür gestanden, aber nicht klingeln wollte, na gut, warum auch.

Manchmal sind Leute hier wegen Beckenbauer,
Jungs, die einen Scherz machen wollen, wenn ich
einen erwische, probiert er es nie wieder.
Was kann ich dafür, dass ich Beckenbauer heiße,
es ist ein ganz normaler Name, und jeder weiß,
dass ich nicht der Fußballer bin, also was wollte
der Kerl, er rief wohl an, um sicher zu sein, dass
ich Friedrich bin, und nicht Franz, und ich tat
ihm den Gefallen und rief meinen Namen noch
einmal und legte auf.

Der Hausmeister ist ziemlich unfreundlich gewesen, dabei habe ich ihn gar nicht weiter beansprucht, ihn nicht aus der Wohnung geklingelt, keinen meiner Tests gemacht, sondern erst später, nach einigem Zögern, angerufen, höflich gefragt, mich vorgestellt, von dem Besuch in der Hirschfelder Straße erzählt, von meinen Zweifeln berichtet.

Aber das hat den Mann gar nicht interessiert, Beckenbauer, hat er gebrüllt, Friedrich Beckenbauer, Hausmeister, aber das wusste ich ja schon.

Ich wollte etwas über seine Gefühle wissen, ich wollte, dass er über sich selbst sprach, mir sein Innerstes offenbarte, doch er verstand mich nicht, dachte, ich verwechselte ihn, meinte, ich wollte mich über ihn lustig machen, sah nicht, dass der Weg zu Beckenbauer immer über Beckenbauer führen musste, von Friedrich zu Franz, von Giesing nach Kitzbühel, von der Straße ins Blau.

An schönen Tagen gibt es manchmal eine halbe Stunde zwischen Sonnenuntergang und Dunkelheit, in der die Stadt München in dieses azurne Licht getaucht ist, das direkt vom Himmel kommt, das die Luft ganz klar macht und die Dinge leicht.

Farben und Gerüche verschwinden in diesem Moment, Bewegungen verwischen, alles zeigt sich, wie es wirklich ist, offenbart Struktur, Masse, Kern.

Ich fühle mich sicher und gut, ich liebe dieses Blau, ich brauche diese Stimmung, und weiß ja nun, dass es Franz genauso geht.

Beckenbauer war von 1966 bis 1990 in erster Ehe verheiratet, aus dieser Ehe stammen zwei Söhne, darunter Stefan Beckenbauer, der einzige, der sich ebenfalls als Fußballer versuchte, sowie ein Sohn aus einer früheren Beziehung, der von seiner Frau adoptiert wurde.

Von 1977 bis 1988 war die amerikanische Fotografin Diane Sandmann Beckenbauers Lebensgefährtin, Ende der 1980er Jahre war er mit einer Sekretärin des FC Bayern liiert, aus dieser Beziehung ging ein weiteres Kind hervor.

Die 1990 geschlossene Ehe mit seiner zweiten Ehefrau Sybille wurde 2004 geschieden, und am 23. Juni 2006, dem Tag der letzten Vorrundenspiele der in Deutschland ausgetragenen Fußballweltmeisterschaft, heiratete Beckenbauer ein drittes Mal.

Aus dieser Verbindung stammen zwei weitere Kinder.

Denn Beckenbauer, das ist ein Modell, nicht nur ein Name, es geht um das Prinzip, das unter Umständen ganz unabhängig von einem bestimmten Körper ist.

Jedenfalls hoffen wir darauf, dass es funktionieren wird, dass Beckenbauer eines Tages auch ohne Beckenbauer möglich ist, dass es zwar mit Franz anfängt, aber nicht unbedingt mit ihm enden muss.

Tschorsch steht unten vor dem Haus, er hat diesmal weder einen Ball bei sich noch trägt er ein Trikot, statt dessen ein gestreiftes Hemd und braune Lederschuhe, sein Haar ist kurz geschnitten und seine Miene ernst.

Anatol, sagt er, kannst du mir helfen, du musst mir zuhören, wir kennen uns noch nicht lang, aber es kann sein, dass es besser so ist, die Leute hier wissen nichts über dich, wir haben uns erst einmal gesehen und wir können offen reden.

Ja, sage ich gleich, ja, das können wir, und ich bin aufgeregt, als ich das sage, denn Tschorschs Bitte verheißt möglicherweise einen speicherbaren Erstkontakt, eine gemeinsame, kausal verknüpfte, temporäre Erfahrung also mit einem Bewohner.

Das wäre gut, denke ich, und es wäre genau der richtige Zeitpunkt, jetzt, da ich mich in München schon ein bisschen heimisch fühle.

Ich wohne hier mit meiner Mutter, sagt Tschorsch, dort drüben, im vierten Stock, links unter dem Dach, das zweite Fenster ist meines, dann das Wohnzimmer, und die Küche, mein Vater wohnt woanders, schon lange.

Die Wohnung ist sehr schön, und ich verstehe mich gut mit meiner Mutter, sie ist immer lustig, wir gehen oft zusammen irgendwohin, in den Park, ins Kino, schwimmen, sie kümmert sich um die Schule, lernt mit mir, alles in Ordnung.

Du kennst das sicher, hast du Kinder, Anatol, schaust nicht so aus, ich weiß nicht, bist du noch zu jung oder schon zu alt, wie ist das bei dir zuhause, mir geht es gut, meistens jedenfalls, denn eine Sache gibt es, die nur schwer zu ertragen ist.

Doch, das Leben ist prima, nur etwas stört, und zwar jeden Tag, das ganze Jahr, es ist gemein, schrecklich, ungesund, denn meine Mutter kann leider überhaupt nicht kochen.

Morgens brennt die Milch an, fährt Tschorsch mit bitterer Miene fort, die Butter schmeckt nicht, der Toast ist schwarz, später macht sie Nudeln, die man nicht essen kann, Salat, der versalzen ist, trockenen Käse und wässrige Suppen, und wenn Besuch kommt, gibt es lauen Fisch, zerkochtes Gemüse und harte Kartoffeln, nur der Schokoladenkuchen, der gelingt manchmal, und wird dann prompt im Ofen vergessen, bis er schimmelt.

So schaut es aus, stellt Tschorsch fest, und sieht mich düster an, was soll ich also essen, ich habe genug von diesen Katastrophen, aber ich will auch meine Mutter nicht verletzen, weißt du hier Rat.

Kannst du vielleicht kochen, Anatol, lässt sich da etwas machen, willst du mich besuchen, ich zeige dir unsere Küche, erkläre dir, was wir haben, Nudeln, Reis, Butter, Zwiebeln, Öl, Tomaten, mach was draus, oder besser, sag meiner Mutter, wie es geht, sprich mit ihr, hilf mir, rette uns.

Nudeln, Reis, Butter, Zwiebeln, Öl, Tomaten, davon habe ich schon gehört.

Aber was soll man damit anstellen, ich kann nicht kochen, wir essen nicht, ich habe nicht einmal einen Magen, doch natürlich sind mir die Prozesse der Nahrungsaufnahme bekannt, Kauen, Einspeicheln, Schlucken, Verdauen, Ausscheiden.

Und für die Zubereitung der Speisen gibt es schließlich überlieferte Regeln, Einkaufslisten, Fotos, Anweisungen, die Handbücher sind überall erhältlich, habe ich gesehen, die Rezepte jederzeit zugänglich.

Da gibt es keine Geheimnisse, wo soll das Problem sein, jeder kann kochen, ich muss mich nur informieren, man nimmt hiervon und davon, feste Mengen, definierte Temperaturen, alles mischen, salzen, fertig.

Also gut, sage ich zu Tschorsch, einverstanden, das werden wir schaffen, heute kochen wir zwei etwas für deine Mutter, wir machen einen Plan, entwerfen das Menü, besorgen die Bauteile und setzen alles zusammen.

Das wird eine Überraschung, deine Mutter wird staunen, wann kommt sie nach Hause, wie viel Zeit haben wir, wo kaufen wir ein, was isst du am liebsten, worauf warten wir noch.

Ich war ziemlich verblüfft, wie schnell Anatol bereit war, mir zu helfen, er schien geradezu darauf gewartet zu haben, endlich seine Kochkünste demonstrieren zu können.

Dabei hätte ich ihm eigentlich nicht einmal zugetraut, ein Ei zu braten oder Tee zu brühen, so täuscht man sich eben in den Leuten.
Es war zwar schon ein bisschen komisch, als wir in dem Supermarkt bei uns um die Ecke standen und er unbedingt 25 Gramm Butter, 20 Gramm Mehl und 12 lebende Flusskrebse kaufen wollte, aber nachdem wir ein bisschen darüber geredet hatten und eine Stunde durch die Stadt gezogen waren, bekam er alles, was er brauchte.
Wir standen bei mir in der Küche und Anatol fing an, mit einer Menge Zutaten zu hantieren, Dinge, die ich noch nie gesehen hatte, aber er wusste offenbar, was damit anzustellen war, jedenfalls war er seiner Sache sehr sicher, als hätte er alle Rezepte irgendwo gespeichert.
Und als um zwei meine Mutter kam, servierte Anatol einen lauwarmen Lauchsalat mit Perigord-Trüffeln, Hechtschwanz mit Senfbutter und Kapern und schließlich Lebkuchen-Soufflé mit Altbier-Sabayon.
Ich habe es mir aufgeschrieben, es war unglaublich, alles schmeckte großartig, unvergleichlich. Meine Mutter verliebte sich sofort in Anatol, ich bekam Bauchschmerzen, Anatol räumte die Küche auf, schaffte es dabei, eine gusseiserne

Pfanne glatt in zwei Hälften zu brechen, und dann war schon wieder Abend.

Also ist Kochen doch nur Chemie, man besorgt die richtigen Stoffe in passenden Mengen, verändert die Aggregatzustände, befolgt dabei streng alle Anordnungen und kann meist sehr schnell ein Ergebnis präsentieren.

Gazpacho-Gelee, Auberginen-Roulade, Bacalao-Salat, Makkaroni-Spirale, Limetten-Parfait, das ist gleich gemacht.

Ein bisschen schwieriger sind die von den Bewohnern traditionell zu bestimmten Gelegenheiten und festgelegten Uhrzeiten verzehrten Gerichte, ein grauer Teig etwa, dessen Herkunft und Zusammensetzung mir verborgen sind, muss in rechteckigen Formen zu einem roten, heißen Laib gebacken werden, der dann, in Scheiben geschnitten, mit in Schleifen gelegtem, salzbestreutem Gebäck und einem Mus aus Senfsaat und Essig eingenommen wird.

Auch erfuhr ich nie, wo diese weißen Würste herkommen, die sie aus geschmackloser Flüssigkeit fischen, häuten und schlucken, oder warum so viel Wert darauf gelegt wird, die Füße ganz normaler einheimischer Schweine durch starke Hitzeeinwirkung zu mumifizieren.

Durch die Maillard-Reaktion entstehen an der Oberfläche des Bratguts Verbindungen aus Eiweißen, Fetten und Zuckern, die für die Bräunung und den typischen Geschmack verantwortlich sind, während beim Braten von Gemüse mit geringem Eiweißanteil die Maillard-Bräunung nur eine geringe Rolle spielt, da Bräunung und Aroma dort vor allem durch Karamellisierung entstehen.

Als ich nach Hause kam und meinen Sohn in der Küche mit diesem fremden Mann zusammen sah, bin ich natürlich erst einmal ziemlich erschrocken.
Die beiden kochten irgend etwas, alles war voll mit Tüten und Schüsseln und kleinen Häufchen von Zutaten, und mein Sohn erzählte mir, dass er Anatol, so heißt der Mann, kürzlich auf der Straße kennen gelernt habe, dass sie viel über Fußball gesprochen hätten und mich heute mit einem Essen überraschen wollten.
Das sei etwas ganz Besonderes, weil sie ja beide gar nicht richtig kochen könnten, und nachdem es sowieso zu spät war, das Spektakel zu stoppen, setzte ich mich an den Tisch, trank ein großes Glas Wasser und schaute den beiden beim Schneiden, Rühren und Garen zu.

Es war ein ziemliches Durcheinander, mein Sohn redete, Anatol schwieg, er schien ziemlich konzentriert zu sein und hielt manchmal inne, als ob er ein Rezept oder einen bestimmten Handgriff memorieren wollte, dann huschten seine Hände plötzlich wieder mit einer geradezu unnatürlichen Geschwindigkeit, der Rest seines Körpers blieb dabei eher unbewegt.

Anatol stand sehr gerade, ich konnte seinen Kopf von der Seite betrachten, schönes Profil, ziemlich gute Nase, ein bisschen lange Haare, manchmal fuhr er sich mit der Zungenspitze über die Oberlippe, das machte mich ganz kribbelig.

Und dann servierten die beiden das Essen, ein komplettes Menü, ein Kunstwerk, ich hatte noch nie so etwas gegessen, ganz einfach dabei, ein Gemüsesalat, Fisch, und zum Schluss etwas mit Lebkuchen, aber das war alles so köstlich, dass ich vollkommen überwältigt und satt und glücklich war.

Den geschuppten Hechtschwanz mit Salz, Pfeffer und Zitronensaft würzen, Kartoffeln schälen, in 3–4 Millimeter dicke Scheiben schneiden und in kochendem Wasser blanchieren, abtropfen lassen, den Hechtschwanz rundherum mit Tempuramehl bestäuben und zusammen mit den Kartoffeln in heißer Butter anbraten, in den auf 180 Grad vorgeheizten Ofen stellen und unter häufigem Begießen mit der Bratbutter in 15–20 Minuten garen, derweil für die Senf-Kapern-Butter die Butter in einem Töpfchen leicht bräunen, Senf, Kapern und Petersilie einrühren, die Sauce vom Herd nehmen, den Hechtschwanz zusammen mit den Kartoffeln auf eine vorgewärmte Platte legen und mit der Senf-Kapern-Butter umgießen.

Ich koche nun also öfter für Tschorsch und seine Mutter, die braune Haare und eine sehr feine, helle Haut hat.

Die Fläche unterhalb ihres Halses, die man ja nur sehen kann, wenn sie das Kleid nicht bis oben zugeknöpft trägt, ist fast weiß und schimmert so zart, als wäre sie von innen beleuchtet.

Das gefällt mir gut, wir telefonieren jetzt auch manchmal, und ihr Name ist Anne.

Bald war es so, dass Anne mich in meiner Wohnung besuchen kommen wollte, das macht mich ein bisschen ratlos, denn sie hat ihren Vorschlag sehr freundlich formuliert und mich dabei lange angesehen.

Doch in meiner Wohnung gibt es nichts, das ich Anne zeigen könnte, die Zimmer sind leer, die Küche auch, auf dem Boden liegen ein paar Ersatzteile herum, und einige Fenster habe ich von innen mit blauer Folie zugeklebt.

Also machen wir einen Ausflug, am Wochenende, wir fahren in Annes Auto in den Wald vor der Stadt und beginnen eine Wanderung auf markierten Wegen, die uns zu aufschlussreichen Lehrstationen führt, wo wir über die Eigenschaften der hier wachsenden Pilze, die Erscheinungsformen der in diesem Gehölz heimischen Bäume samt ihrer Blätter, über Moose, Farne und Flechten, die Tiere des Waldes, Vögel, Igel, Schlangen, Hirsche, die geologische Beschaffenheit des Bodens sowie die Entwicklung des hiesigen Klimas hinreichend informiert werden.

Tschorsch nimmt das alles mit Freude zur Kenntnis, auch ich erweitere gern meinen Wissensstand über den Planeten, und als wir zum Ende des Wegs kommen, stoßen wir auf ein Gehege voller Wildschweine, die zutraulich grunzend angerannt kommen und ihre feuchten Schnauzen durch den Zaun schieben.

Ich hätte gern eins mitgenommen, um seinen Bauplan zu studieren oder für Tschorsch und Anne ein Ragout zu bereiten, aber das ist leider nicht erlaubt.

Wälder sind komplexe Ökosysteme und durch ihre optimale Ressourcenausnutzung das produktivste Landökosystem, außerdem nach den Ozeanen die wichtigste Einflussgröße des globalen Klimas, sie stellen gegenüber anderen Nutzungsformen die einzig wirksamen Kohlendioxidsenker dar, wirken ausgleichend auf den globalen Stoffhaushalt und sind die wichtigsten Sauerstoffproduzenten, auch ist ihr Artenreichtum ein unschätzbarer Genpool, dessen Bedeutung zunehmend in der Industrie erkannt wird.

Zurück in der Stadt kochen Tschorsch und Anne Nudeln, sie servieren sie mit Knoblauch, Öl und geschmorten Zucchini, ich probiere ein wenig und finde immerhin, dass Tschorsch viel gelernt hat in der letzten Zeit.

Anne trinkt einen Schluck Wein und stellt fest, dass es längst Zeit zum Schlafen wäre für ein Schulkind, sie schickt also Tschorsch ins Bett, macht noch eine Flasche auf, sieht in meine Augen und fragt mich, wo ich eigentlich herkomme.

sieben

Es ist an der Zeit, einen weiteren logischen Schritt zu tun, besser zu werden, das nächste Level zu erreichen.

Das heißt, Franz Beckenbauer dort zu suchen, wo er seine natürliche Umgebung hat, auf dem Fußballplatz also, und zwar auf dem seines alten Vereins, des FC Bayern, der seine Trainingsstätten an einer gewissen Straße im Süden der Stadt München unterhält, irgendwo zwischen Unterhaching und Grünwald, in einer Gegend, die überwiegend von Fernsehschaffenden, Ärzten und Steuerberatern besiedelt ist, wie in München erzählt wird.

Es soll sich dabei um eindrucksvolle Gebäude und weitläufige Anlagen handeln, Verwaltungs- und Repräsentationsräume, moderne Regenerationsmöglichkeiten, gepflegte Wiesen, fein gezirkelte Bahnen, sorgsam gefegte Parkplätze, eine angemessene Bühne also für den Meister, für Franz.

Offenbar weiß jeder Bewohner der Stadt München, dass das Trainingsgelände des FC Bayern in der Säbener Straße zu finden ist, und so beschließe ich ohne weitere Umstände, mich dorthin auf den Weg zu machen, Wind und Wetter zu trotzen und die Stadt zu queren.

Ich gehe natürlich zu Fuß, weil das weniger auffällt, und merke dann doch schnell, dass die Leute mir nachschauen, Autos stehen bleiben, Trambahnen quietschend stoppen und Hunde aufjaulen, wenn ich vorbei komme.

Also muss ich wohl meine Geschwindigkeit reduzieren, 60 Stundenkilometer sind offenbar zwar für Kraftfahrzeuge erlaubt, für Wanderer hier aber keineswegs vorgesehen, ich bremse also, und holpere weiter im Tempo der Menschen.

Als ich mein Ziel erreiche, kann ich beobachten, wie dort gerade ein großer schwarzer Omnibus versucht, quer über die Straße rückwärts in ein Garagentor zu rangieren.

Er brummt hin und her und bleibt schließlich krachend irgendwo hängen, ein paar Nachbarn sehen staunend zu, stehen ruhig in dieser baumbestandenen Wohnstraße, zwischen parkenden Autos, vor einem Gebäude, das wie eine Schule aussieht, mit weißen Platten verkleidet und mit roten Stangen verziert.

FC Bayern München steht über dem Eingang, so wie Rathaus, oder Kirche, oder Feuerwehr, das Wetter ist freundlich in diesem Moment, Lufttemperatur 8,74 Grad, relative Feuchte 76,2 Prozent, keine Wolken.

Der Bus ist inzwischen wieder ein Stück aus dem Tor herausgefahren, Glassplitter rieseln herab, eine schwarze Plastikleiste wippt, er steht mitten auf der Straße, leer, offenbar sind inzwischen alle ausgestiegen.

Das ist ein Trick, vermute ich, so schlüpfen die Spieler ungesehen ins Haus, aber so kann man auch Franz transportieren, denke ich mir, ein Fahrzeug rumpelt irgendwo hin, es knallt, es gibt ein bisschen Durcheinander, ein bisschen Aufregung, und keiner merkt, dass einer fehlt.

Merkmale des Coach Supreme L sind höchster Reisekomfort durch umfangreiche Ausstattung, optimale Übersicht, sehr gute C_w-Werte und saubere Heckscheibe durch markanten Dachspoiler am Heck, 12-Gang-Automatikgetriebe, 480 PS, ESP, EBS und ASR, geräumiger Innenraum, eine kompakte Bordküche, integrierter Flachbildschirm, Holzapplikationen in den Sitzen, Klimaanlage, Klapptische, Deckensets mit LED-Leuchten, Lüftungsdüsen, Lautsprechern und Servicetaste, eine geräumige und geschlossene Gepäckablage, indirekte Nachtbeleuchtung, ergonomisches Cockpit und großer Beifahrerschrank.

Neben mir steht plötzlich ein anderes Gefährt, ein kleiner Lieferwagen, silbern lackiert, auf der Tür das Wappen des Vereins.

Ein paar junge Leute sitzen drin und drücken ihre Nasen an der Scheibe platt, sie starren mich an, einer macht ein Foto, sie sind unruhig, reden wohl über mich, sie haben bestimmt bereits einen Plan, ich verschwinde lieber, bevor sie aussteigen.

Ein Stück weiter die Straße hinunter gibt es einen Parkplatz, von dem aus man auf das Gelände schauen kann, Drahtnetze sind hier zwischen rote Pfosten gespannt, Scheinwerfer hängen an Masten, es gibt Absperrungen, Verbotsschilder, Warnungen, und dort, hinter Gittern, läuft jetzt ein Trupp Fußballer ein.

Sie tragen kurze Hosen und rote Jacken, sie schießen ihre Bälle hin und her, fangen an zu üben, das finde ich interessant, und als ich näher trete, kommt ein schwarzer Kerl zu mir, auf dessen Jacke dick das Wort Security geschrieben steht.

Er bedeutet mir barsch, zu verschwinden, will mich wegscheuchen, und ich nicke, sehe kurz nach links und nach rechts und verdampfe ihn.

Derweil haben die Spieler auf dem Rasen angefangen, eine eigenartige Choreografie zu üben, sie laufen in einer Reihe über den Platz und machen bei jedem zweiten Schritt einen kleinen Sprung.

Das sieht putzig aus, man hört aber leider keine Musik dazu, nur das Scharren der Schritte auf dem harten Boden, dann drehen sie sich, wedeln mit den Armen, keiner lacht dabei, sie haben alle sehr feste Waden und lustige Bärte, schließlich bücken sie sich, schnaufen fest, pusten Luft in den Boden, tänzeln wieder hoch, springen auf der Stelle, spurten, rennen, hüpfen, kreiseln.

Sie traben in eine Ecke, stehen ein wenig durcheinander, und verschwinden wieder, so unvermutet, wie sie aufgetaucht sind.

Das hat mir gut gefallen, ich verstehe den Fußball inzwischen schon viel besser, habe etwas gelernt über das Spiel.

Es kommt auf den Plan an, offenbar werden hier geheime Bewegungsabfolgen entworfen, die später, beim Turnier, nur noch ausgeführt werden müssen.

Das atemlose Gerenne auf dem Platz, das Pfeifen des Schiedsrichters, die Stürze, das Gestikulieren des Trainers dienen allenfalls der Verschleierung.

Denn wie gespielt wird, wer ein Tor schießt, wie viel Treffer es gibt, wer gewinnt, das wird vorher genau ausgemacht, und zwar hier, an der Säbener Straße, dem Mittelpunkt der Welt.

Es ist ja immer etwas los vor der Geschäftsstelle,
Fans stehen herum, junge Menschen, die Autogramme wollen oder beim Training zusehen,

manchmal Scouts von anderen Clubs, natürlich auch irgendwelche Frauen, die unseren Stars nachlaufen.
Aber heute lungert da auf einmal diese elend lange Gestalt herum und starrt den Bus an, der ist ganz anders als die Leute sonst, ich sage vorsichtshalber dem Sicherheitsdienst Bescheid und beobachte ihn weiter, und erst, als er unter den Bäumen herauskommt, sehe ich, dass es mein neuer Nachbar ist, der da draußen steht.
Ich hätte nicht gedacht, dass ausgerechnet er sich für Fußball interessiert, so ungelenk, wie er immer durchs Treppenhaus stolpert, aber gut, es wird ihn sicher freuen zu hören, dass ich hier arbeite, beim Verein, ich muss ihn unbedingt besuchen, gleich nachher, heute Abend.

Etwas später begegne ich Luigi, der aus dem Süden stammt und erst seit kurzem zur Mannschaft gehört, ich treffe ihn in einem lauten Kellerlokal am Südrand des Parks, der die Stadt München auf höchst unpraktische Weise teilt.

Man hat mir verraten, dass dort spätabends oft Spieler auftauchen, um sich von jungen Mädchen huldigen zu lassen, so auch Luigi, der braungebrannt, breit grinsend auf einem Polster sitzt und Blondinen um sich schart.

Ich zwänge mich an seine Seite, was ihn zu überraschen scheint, doch seine Freundinnen rutschen respektvoll zur Seite, jemand stellt ein Glas vor mich, ein Begrüßungsritual, nehme ich an, netze meine Finger und die Stirn mit der eiskalten Substanz, während Luigi mich fragt, wie ich ihn so schnell gefunden habe.

Kein Problem, sage ich, sein Name sei mir geläufig, ich wisse alles über diesen Ort, und dass ich ihn sofort erkannt habe.

Er nickt, und meint, dass wir dann ja auch gleich zur Sache kommen könnten, er sei bereit, schon seit Wochen, die Saison laufe schlecht für ihn, die Mannschaft unterstütze ihn nicht, der Trainer glaube nicht an ihn, seine Bilanz sei entsprechend, weit unter den Möglichkeiten, niemand wisse das besser als ich, er sähe keine Perspektiven mehr in München und sei bereit zum Wechsel, zu mir könne er ja so offen sprechen, und sonst brauche vorerst niemand zu erfahren, dass wir uns getroffen haben.

Blitzlichter zucken über den Tisch und ein paar junge Leute strecken Luigi bedruckte Karten hin, irgendwelche Zettel, oder sogar ihre nackten Arme, und Luigi schreibt bereitwillig seinen Namen auf alles, was ihm da hingehalten wird.

Dann reißt die Musik alle wieder mit sich, die Menschen tanzen, lachen, trinken, und Luigi lässt sich in den

Sitz fallen, er sieht müde aus, allein in dem Trubel, und ich will ihn schon fragen, ob er vielleicht mit mir ein bisschen an die frische Luft gehen will, als er mir winkt, mich über die Tanzfläche in eine dunkle Ecke zieht, das Badezimmer betritt, das dort eingebaut ist, und dort schnell eine kleine Menge weißen Pulvers in seine Nase stopft.

Er schnieft, räuspert, strahlt, um auch mir gleich eine Portion anzubieten, die ich sofort einsauge und neugierig analysiere.

Es handelt sich um eine Mischung aus 64,5 Prozent Milchpulver, 7 Prozent Weizenmehl, 28,3 Prozent Extrakte des gemeinen Cocastrauchs sowie kleine Anteile von erstklassigem Rübenzucker.

Luigi ist jetzt viel fröhlicher, er wiegt den Oberkörper, als wir zurückgehen, und trällert vor sich hin.

Die Erfrischung scheint ihm gut getan zu haben, gemeinsam betrachten wir einige reizende kleine Exemplare, die durch die Bar schlendern, sie tragen blaue Hosen, die ihnen viel zu eng sind, und winzige, glitzernde Hemden.

Alle haben tolle Frisuren und Gesichter mit enormen Lippen, Luigi mag das, er schnalzt mit der Zunge, schmatzt, stolpert fast über die eigenen Füße und strebt schnell wieder in seine Ecke.

Ein paar von den Mädchen sind mitgekommen, und Luigi kauft ihnen eine sehr große Flasche schäumender

Flüssigkeit, die sie kichernd und glucksend aus gläsernen Schalen schlürfen.

Ich beginne auch, mich an die Beschallung zu gewöhnen, die Lautstärke ist kein Problem für mich, ich kann ja die Sensoren herunterpegeln.

Der Rhythmus ist einfach, etwa 163 ziemlich trockene Schläge per Minute, eine wenig variantenreiche, lineare Struktur, in die modulierte Klangfolgen einfließen, repetitive Arrangements, elektronisch erzeugt, manchmal auch durch verstärkte menschliche Stimmen.

Die meisten Leute hier nicken mit den Köpfen im Takt, also tue ich es ihnen gleich, und spüre, wie mein System sich eingliedert in den allgemeinen Fluss der Wellen und Energien, wie ein blaues Leuchten anhebt, mein Körper zu vibrieren beginnt, wie sich Wärme ausbreitet, Glück.

Musik ist die organisierte Form von Schallereignissen.

Ihr akustisches Material, also Töne und Geräusche innerhalb des für Menschen hörbaren Bereichs, das einerseits physikalischen Eigengesetzlichkeiten wie zum Beispiel der Obertonreihe oder Zahlenverhältnissen unterliegt, andererseits durch die Art seiner Erzeugung mit der menschlichen Stimme, Musikinstrumenten, elektrischen Tongeneratoren oder anderen Schallquellen gewisse Charakteristika aufweist, wird sinnvoll geordnet, und aus dem

Vorrat eines Tonsystems werden Skalen gebildet, deren Töne in unterschiedlicher Lautstärke und Klangfarbe erscheinen und Melodien bilden können.

Aus der zeitlichen Folge der Töne und Geräusche von verschieden langer Dauer entstehen dabei Rhythmen, aus dem Zusammenklang mehrerer Töne von jeweils anderer Tonhöhe erwächst Mehrstimmigkeit, und aus den Beziehungen der Töne untereinander entsteht Harmonik.

Wir haben nie miteinander gesprochen, keinen festen Termin ausgemacht, nichts vorbereitet, und doch wusste ich, dass er kommen würde, es läuft immer gleich ab, in bestimmten Situationen kann man einfach damit rechnen.
Der Transfermarkt ist in unserer Liga ziemlich übersichtlich, die Kandidaten für einen Wechsel werden von den Zeitungen meist schon ausgemacht und benannt, bevor sie selbst wissen, dass sie dran sind, dann gibt es entrüstete Stellungnahmen des Vereins, Dementi des Spielers, Vernebelungsaktionen des Managements, erste Spekulationen über die zu zahlenden Summen, im Hintergrund wird heftig verhandelt, ein paar Wochenenden gehen ins Land, und dann ist es

plötzlich die große Neuigkeit, worüber alle schon dauernd reden.
Mit Getöse und natürlich unerfüllbaren Erwartungen wird der Wechsel vollzogen, es gibt Fotos aus einer anderen Stadt, in einem fremden Stadion, mit neuen Trikots.
Anschließend ist, wenn man Glück hat, erst einmal ein bisschen Ruhe, es werden Tore geschossen, Spiele gespielt, die Saison beendet, und dann stehen andere Geschichten in den Zeitungen.
Ich wusste also schon seit einiger Zeit, was passieren würde, rechnete mit einem Anruf, einer dezenten Nachricht, aber nicht damit, dass er sich selbst nach München bemühen würde, dass er auf einmal vor mir stünde, an so einem Abend in der Bar, zwischen all den Leuten.
Natürlich tat er auch erst so, als wüsste er nicht, was alle wussten, ganz langsam nur wurde er zugänglicher, entspannte sich, schließlich wollte er sogar mit mir tanzen, aber genau in diesem Augenblick benutzte ich, eher aus Versehen, das Wort Transfer, und da war plötzlich so ein Leuchten in seinen Augen, ganz blau.
Er starrte mich an, fragte sehr ernst, ob ich das wirklich wolle, und ich sagte ja.

Dass Luigi sich freiwillig zur Verfügung stellte, ist dann doch eine Überraschung gewesen.

Er hat es zwar ein bisschen umständlich ausgedrückt und zum Schluss auch noch von nicht unerheblichen Summen gesprochen, die von Club zu Club fließen sollten, aber das kann sicher später geklärt werden.

Zuerst muss die Aktion durchgeführt werden, und auch wenn Luigi nicht Beckenbauer ist, nicht aus dem selben Holz geschnitzt, wie man hier sagt, so ist doch einiges an ihm brauchbar, vorläufig wenigstens, bis wir einen Schritt weiter sind.

Außerdem ist dies eine willkommene Gelegenheit, einmal das Verfahren zu erproben, die Technik auf die hiesigen Gegebenheiten einzustellen, so oft haben wir schließlich noch keine Transfers durchgeführt, von München nach Hause.

Glücklicherweise hat dabei niemand bemerkt, dass Luigi von einem Moment zum anderen aus seinem Sofa verschwunden ist.

Ich habe ihn nicht überreden können, mit mir vor die Tür zu gehen, unter freiem Himmel wäre es leichter gewesen, auch für ihn, er hätte die Sterne gesehen und kaum etwas gespürt, aus dem Keller war es komplizierter.

Es sind wohl auch ein paar Bestandteile liegen geblieben, und ein gewisser, nicht sehr angenehmer Geruch verbreitete sich, für einen Augenblick.

Es ist spät, als ich wieder in meine Wohnung komme, doch in der Küche meiner Nachbarin brennt noch Licht.

Sie sitzt am Tisch, ein Glas Wein vor sich, eine Zeitung und anderes Papier, und trägt ein leichtes Hemd.

Vielleicht ordnet sie noch Unterlagen, oder liest zum Vergnügen.

Mir gefällt ihr Gesicht, ihr Körper, dessen Silhouette ich in dem dünnen Stoff gut erkennen kann, und auch wenn ich inzwischen gelernt habe, dass gewisse Rituale des körperlichen Umgangs auf diesem Planeten ausschließlich der Fortpflanzung und Erhaltung der menschlichen Art dienen, für mich also auf keinen Fall in Frage kommen, so bin ich doch versucht mir vorzustellen, wie sich Ritas Haut anfühlt, wenn man langsam über ihre nackten Schenkel streicht.

Anatol ist erst mitten in der Nacht nach Hause gekommen, ich bin sehr lang in der Küche gesessen, habe gelesen und gewartet.
Warum war er so lang in der Stadt, wo treibt er sich herum, was wollte er da draußen vor dem

Club, würde er hier bleiben, wie verdient er sein Geld, wo lebt seine Familie, will er ausgehen mit mir, das sind die Fragen, die ich habe.
Irgendwann wurde mir dann auch ein bisschen kalt in dem Nachthemd, das ich nur deshalb angezogen habe, weil ich dachte, dass man von drüben durch die dünne Spitze alles würde sehen können.

Hätte ich noch bei ihr klingeln sollen, ich weiß es nicht, wie sind die Regeln hier, um diese Zeit laufen Filme auf manchen Kanälen, die den Menschen wohl zeigen sollen, wie man vorzugehen hat.

Es sind naturwissenschaftliche Produktionen, in denen unbekleidete Exemplare die Reproduktion demonstrieren, oft in lehrreiche Geschichten und interessante Szenarien gesetzt, so dass ich nicht nur die anatomischen Details in jedem Zustand der Erregung studieren kann, sondern auch die begleitenden Texte, die angemessenen Geräusche, die vorgeschriebenen Getränke und die passenden Worte zu Höhepunkt und Abschluss.

sechs

Was mir Rita anderntags erzählt, ist, dass Beckenbauer regelmäßig seine Haare schneiden lässt, einmal pro Monat, an einem Dienstag, mitten in München, in einem dafür geeigneten Salon, den ein berühmter Franzose unterhält.

Man prüft dort die Fasson, wäscht den Schädel, schneidet, pflegt, massiert, trocknet, reicht dazu Kaffee oder andere erfrischende Getränke, bebilderte Zeitschriften und manchmal Süßigkeiten, die Beckenbauer allerdings, so wird überliefert, stets höflich ablehnt.

Eine Stunde oder ein bisschen weniger dauert die Prozedur, dann ist die Rechnung fällig, die unverzüglich in bar beglichen wird, an einer Theke neben der Tür.

Beckenbauer wechselt anschließend immer in ein Lokal nebenan, wo er das Mittagessen einnimmt und mit dem Besitzer plaudert, schlendert danach ein wenig durch die repräsentativen Gärten hinter dem Gebäude, und fährt zufrieden wieder nach Hause, in die Berge, nach Kitzbühel, eine Strecke, die größtenteils über eine schnelle Bahn führt, ein Stück aber auch durch waldreiches, felsiges Gelände kurvt, ein Umstand, den ich mir noch zunutze machen will.

Im Moment aber bin ich alarmiert durch diesen Bericht, der mir eine realistische Chance verspricht, zum ersten Mal wirklich an frisches genetisches Material von Franz Beckenbauer zu kommen.

Ich entere also das Buchungssystem des Friseurs, sichte die Termine der nächsten Wochen, finde den richtigen Eintrag, Dienstag 11:30 Uhr, schon nächste Woche ist es soweit, ein glücklicher Zufall, für mich und vielleicht auch für Franz.

Haare wachsen in Zyklen, ein Haarfollikel durchläuft dabei mehrere Phasen, die als Haarzyklus bezeichnet werden.

Kopfhaare wachsen pro Tag 0,3 bis 0,5 mm, in einem Jahr circa 15 cm, für die resultierende Haarlänge ist aber neben der Wachstumsleistung auch die Dauer des anhaltenden Wachstums entscheidend.

Während viele Tiere saisonal bedingt ein oder zweimal im Jahr Haarausfall erleben, wächst das Haupthaar des Menschen über mehrere Jahre hindurch, bei Frauen länger als bei Männern, bis zum Ausfall des ganzen Haars.

Die verbreitete Annahme, Körperhaare würden durch regelmäßiges Rasieren schneller oder vermehrt wachsen, ist falsch.

Auf der Rückseite des Gebäudes, in dem der Friseur sein Geschäft unterhält, gibt es weite Arkaden, unter denen Spaziergänger wandeln.

Dort versammeln sich aber auch die Angestellten des Salons, um in den Pausen Tabak zu rauchen, frische Luft zu schnappen oder schnell ein bisschen Klatsch auszutauschen.

Danach huschen sie durch eine schmale Glastür zurück an ihren Arbeitsplatz, nehmen die Schere in die Hand und versprühen Schwaden von klebrig riechenden Substanzen.

Ich nähere mich dem Laden also erst einmal von hinten, sondiere die Lage, prüfe einige der auf dem Boden ausgetretenen Zigarettenkippen, deren Enden mit Speichel benetzt sind, und oft auch mit zäher roter Farbe oder einem gummiartigen Material, das Anteile von Pfefferminz enthält, dann laufe ich auf die andere Seite des Hauses, betrete den Salon und vereinbare einen Termin für kommenden Dienstag.

Tschorsch sagt, dass ich endlich mit ihm Fußball spielen soll.

Er würde mir schon zeigen, wie es geht, im Park sei Platz, und niemand würde sich daran stören, wenn wir den Ball jetzt ein bisschen hin und her kicken.

Also wechseln wir von der Straße auf den Rasen, nehmen Aufstellung, Tschorsch schüttelt seine Beine aus, rollt den Kopf und schwingt die Arme.

Auch ich wärme mich auf, ganz wie er, stehe dann, konzentriere mich, fokussiere auf den Ball zwischen Tschorschs Füßen.

Der Ball fliegt, er trudelt mir vor die Beine, liegt in der Wiese.

Tschorsch sieht mich erwartungsvoll an, hüpft kurz hoch, und ich trete gegen den Ball, der in einer prächtigen Bahn abhebt und im Himmel verschwindet.

Damit ist Tschorsch gar nicht einverstanden, er protestiert laut, er will seinen Ball wieder haben, er will spielen, rennt quer über die Wiese in irgendeine entlegene Ecke des Parks, während ich etwas unentschlossen an meinem Platz stehe und die Grasbüschel betrachte, zwischen denen kleine Erdhügel aufgeworfen sind, welche zur Markierung der Bauten unterirdisch lebender Säugetiere dienen.

Ich bin immer wieder erstaunt, wie friedvoll die unterschiedlichsten Wesen auf diesem Planeten zusammen leben und wie sinnvoll dieses Zusammenleben organisiert ist.

Viele sehr entwickelte Exemplare leben unter Wasser oder in der Luft, manche nisten auch innerhalb anderer, größerer Körper, nur die Menschen können das nicht und beanspruchen Raum auf der Oberfläche ihres Planeten.

Die Atmosphäre hier enthält in hinreichender Menge Kohlendioxid, Wasserdampf und andere Stoffe, die ich kondensieren kann, um, während Tschorsch noch durchs Gestrüpp pflügt, schnell einen neuen Ball herzustellen, der dem alten in Größe und Farbgebung zum Verwechseln ähnlich sieht, in seiner molekularen Struktur aber doch etwas robuster ist.

Ich komprimiere einige vernetzte Kohlenwasserstoffe so, dass der Ball nicht einmal mehr aufgepumpt werden muss, dribbele ein Stück übers Feld und rufe nach Tschorsch.

So lerne ich, Fußball zu spielen, und es macht sogar Spaß, nachdem ich die maximalen Reaktions- und Beschleunigungsparameter etwas angeglichen habe.

Der Ball bleibt nun auf der Erde, ich lasse eine durchschnittliche Fehlerquote zu, damit Tschorsch nicht unglücklich wird, wir üben Pässe, steile wie flache, stundenlang, werfen uns ins Tor, köpfen, besprechen Wesen und Wirkung des Fallrückziehers und schütten uns Wasser aus großen Plastikflaschen über den Kopf.

Man weiß bei Anatol nie, ob er wahnsinnig schnell lernt, Dinge begreift, für die andere Jahre brauchen, oder ob er Sachen eigentlich schon längst kann und sich nur verstellt, um später umso mehr Eindruck zu schinden.
So wie bei der Geschichte mit dem Kochen, wo er zuerst behauptet hatte, keine Ahnung zu haben, und dann diesen sagenhaften Fisch servierte.
Oder jetzt, beim Fußball, wo erst alles schief ging, und er dann plötzlich großartig spielt, technisch sicher, virtuos, variantenreich, wie ein gut trainierter Stürmer.
Das kann er nicht in den paar Tagen eingeübt haben, das hat er vorher schon gekonnt, da bin ich mir sicher.
Anatol ist ein Profi, und ich hätte wirklich zu gern gewusst, wo er so zu spielen gelernt hat.

Da ich natürlich sehr genau sehen kann, was Tschorsch jeweils vorhat, ob er links oder rechts an mir vorbei zum Tor drängt, ob er zu stoppen beabsichtigt oder den Ball lupfen will, beginne ich jetzt auch zu begreifen, was das wirkliche Wesen, die eigentliche Philosophie dieses Spiels ist.

Tschorsch ist selig, wenn er den Ball in Besitz hat, niemals will er ihn abgeben, kein Risiko eingehen, ihn zu verlieren, eher steht er, einen Fuß schwer auf das Leder gelegt, und es scheint fast, als würde er nichts lieber, als seinen Ball in die Hand nehmen, unter den Arm klemmen, ihn halten, so fest es nur geht.

Das Spiel ist also, wie ich nun merke, gar nicht auf das Getöse des Stadions angewiesen, auf den Lärm des Fußballplatzes, es bedarf auch nicht zweier durcheinander rennender Mannschaften.

Keineswegs braucht es nervös herumbrüllende Trainer und deren Hintersassen, auch keine Ligen, Fernsehübertragungen und marodierende Fans.

Fußball ist tatsächlich reine Meditation, ein Sport, der, konsequent betrieben, selbst auf den Ball verzichten kann, auf flache Wiesen, bunte Trikots.

Er genügt sich selbst, findet seine Erfüllung in der Ruhe, im bewussten Verharren an einem Ort.

Das Leder, so sehe ich es jetzt endlich, ist nur ein Symbol für die konzentrierte Kraft der Gedanken, das Treiben auf dem Spielfeld ein möglichst zu überwindendes Bild für die Unordnung auf diesem Planeten.

Der Sportler ist nur dann ganz bei sich und seiner Sache, wenn er stehen bleibt, jede Ambition fahren lässt, sich versenkt in die reine Idee des Fußballs, wenn er alles vergisst, sich und die Welt und diesen Sport.

Zur Mitte ausrichten, auch in der Bedeutung des Nachdenkens über, ist eine in vielen Religionen und Kulturen geübte spirituelle Praxis.

Durch Achtsamkeits- und Konzentrationsübungen soll sich der Geist beruhigen und sammeln.

In östlichen Kulturen gilt sie als eine grundlegende und zentrale bewusstseinserweiternde Übung.

Die angestrebten Bewusstseinszustände werden, je nach Tradition, unterschiedlich und oft mit Begriffen wie Stille, Leere, Einssein, im Hier und Jetzt oder frei von Gedanken sein beschrieben.

Daniel heißt der junge Mann, der zu meiner Betreuung abgestellt ist, er bietet mir einen bequemen Sessel an, Zeitschriften und ein Erfrischungsgetränk, so wie ich es erwartet habe.

Dann lächelt er freundlich und fragt nach meinen Vorstellungen, erkundigt sich, wann und wo zuletzt etwas gemacht worden sei, zupft hier und da an einer Strähne, befühlt die Kopfhaut und wäscht meine Haare, massiert duftende Essenzen ein, spült, trocknet den Schopf, während er unaufhörlich wissen will, ob alles recht sei, das Wasser richtig temperiert und der Sitz bequem.

Er redet vom Wetter, das ihm zu kalt, von seiner Arbeit in diesem Salon, die ziemlich anstrengend ist, von der

Musik, die durch den Raum brandet, und die er sehr mag, sie ist geil, wie er befindet.

Auch von seinem letzten Urlaub berichtet Daniel, eine Woche ist er mit seinem Freund auf einer spanischen Insel namens Ibiza gewesen, sie haben eins von zwölf Appartements in einem Haus mit Pool, Garten und Sauna gemietet, ein wunderschönes, ganz neues Haus, wie Daniel erzählt, das dem Freund eines Freundes gehört, der noch weitere Immobilien in der Nachbarschaft besitzt, alles nicht weit vom Strand, man kann immer das Meer rauschen hören.

Und während ich mich noch frage, wozu man bei Tagestemperaturen von durchschnittlich 36,2 Grad noch eine Sauna braucht, unterrichtet Daniel mich davon, dass die Beziehung zu seinem Freund sehr modern sei, ganz offen also, aber immer geschützt natürlich, und dass sie es deshalb so lieben, Urlaub in diesem Haus auf Ibiza zu machen, wegen der ungezwungenen Atmosphäre, den netten Leuten, den guten Kontakten, und er könne mir jederzeit gern die Nummer geben.

> Doch, er sah gut aus, groß, kräftig, ein markantes Gesicht, das war jemand, der wusste, was er wollte, die Augen ganz hell, unruhig, der Blick

ständig im Raum unterwegs, als suche er jemanden.
Das hat mich ein bisschen nervös gemacht, es war fast, als wollte er gar nichts mit mir zu tun haben, als hörte er gar nicht hin, wenn ich sprach, aber er hat sich alles gemerkt, hat nach dem Strand gefragt und was wir bezahlt haben für die Woche in Marcos Haus, vielleicht war er ja doch interessiert.
Sein Haar fühlte sich nicht gut an, strapaziert, wie ein Stück Fell, irgendwo aufgelesen, er achtete zu wenig darauf, das war auch keine richtige Frisur, die er da hatte, irgendwer hatte da mal mit der Schere herumgemacht, irgendwie kürzer, das war alles, würde ein bisschen dauern, bis es wieder Form bekam, am besten, vorsichtig anfangen und schnell den nächsten Termin.

Dann bin ich auch schon fertig, Daniel lüpft den Umhang, den er über meine Schultern gelegt hat, bürstet mir die Haare aus dem Nacken und hält einen kleinen Spiegel hinter meinen Kopf, um mir den Blick auf die Rückseite der Frisur zu ermöglichen.

In diesem Moment sehe ich ihn.

Franz ist da.

Franz Beckenbauer sitzt nur ein paar Meter von mir entfernt auf der den großen Fenstern an der Straße gegenüber liegenden Seite des Salons.

Auch er hat so einen knisternden Nylonumhang übergeworfen bekommen, sein Haar steht frisch gewaschen und fedrig vom Schädel, er hält den Kopf etwas gesenkt und spricht gerade eifrig in sein Mobiltelefon, während die ihm zugeteilte Fachkraft versucht, ganz vorsichtig ihre Arbeit zu vollenden.

Sie hat noch nicht viel abgeschnitten, weil nämlich auf Beckenbauers Schädel auch nicht viel abzuschneiden ist.

Der Bewuchs ist so spärlich, dass ich leider auch auf keine allzu große Ausbeute an frischem, eindeutig zuzuordnendem genetischen Material hoffen kann, ein bisschen dünner weißer Flaum, das ist alles, was bisher auf den Boden gerieselt ist.

Und so stehe ich schnell auf, strecke mich, laufe langsam an einem Regal mit hübsch in Reihe präsentierten Duft- und Pflegemitteln entlang, die alle den Namen jenes Meisters tragen, dem dies Geschäft gehört, und komme so in die Nähe Beckenbauers.

Ich sehe ihn aber gar nicht an, sondern lasse meinen Blick von den bunten Flaschen über eine pittoreske Kaffeemaschine zum Fenster wandern und sauge dabei ganz unauffällig alles ein, was von Franz Beckenbauers Haaren auf dem Fußboden gelandet ist.

Es wäre ja nun anzunehmen gewesen, dass ich diese erste Begegnung, auf die ich mich so lang vorbereitet, für die ich diese weite Reise unternommen hatte, als etwas Besonderes, Großes, Einzigartiges erlebt hätte, dass sie irgendwie zum Spektakel geraten wäre, mit Musik, Getöse, Menschenauflauf, einem Zeichen vom Himmel, was weiß ich.

Aber nichts davon passiert, und einmal abgesehen davon, dass jede Art von Aufsehen bei meiner Mission höchst unerwünscht ist, kann ich froh sein, dass ich, Beckenbauers Abschnitte aufgenommen habend, flugs den Salon queren, meine Behandlung bezahlen und ins Freie gelangen kann.

Denn ich bin natürlich im höchsten Maße neugierig, ich will mich so schnell als möglich an die Analyse des Materials machen, die Ergebnisse verarbeiten, meine hiesigen Pläne modifizieren und entsprechende Berichte nach Hause übermitteln.

Dort wartet man schließlich auf Nachricht, man will wissen, wie ich vorankomme, ob das in mich gesetzte Vertrauen gerechtfertigt ist oder eventuell alternative Vorhaben in Gang zu setzen sind.

Ein bisschen Zeit habe ich noch, da bin ich mir sicher, und jeder andere Sammler hätte ja auch erst einmal die gleiche Strecke zurückzulegen, von zuhause nach München, Lichtjahre immerhin.

Zudem hätte mein potentieller Nachfolger bestimmt nicht die gleichen taktischen Vorgaben, würde woanders beginnen, Rita und Tschorsch nicht kennen, Fußball erst lernen müssen, er würde andere Fehler machen, das ist gewiss, und vielleicht schon ganz schnell scheitern, sogar bevor er die erste Meldung gesendet hätte.

Also denke ich nicht mehr daran, was andere zu Hause möglicherweise planen könnten, sondern mache mich an meine Arbeit.

Und da Beckenbauers karge Locken zwar so kurz wie dünn sind, aber wenigstens kaum mit Zusatzstoffen verunreinigt, lassen sich ziemlich bald einige interessante Feststellungen machen, etwa, dass Franz vor weniger als 24 Stunden einen Reproduktionsversuch unternommen, zu diesem Zweck aber keinerlei bewusstseinserweiternde Drogen geschluckt hat, dass der Anteil gekochter und gewürzter Speisen in seiner Ernährung den der kondensierten, pulverisierten, cremeartigen oder gasförmigen bei weitem überwiegt, dass er das Geschwindigkeitspotential seines Fahrzeugs nur annähernd nutzt und der durchschnittliche Mineralgehalt seiner hornigen Epidermis für eine kommerzielle Verwertung keineswegs ausreichend ist.

Beckenbauer ist ein Mensch, und das heißt, er bewegt sich auf zwei Beinen, hat Kopf, Rumpf, Füße, Arme, Hals, schläft einige Stunden täglich, isst mehrmals, atmet Luft, unterhält einen Stoffwechsel auf konventioneller Basis, trägt Kleider, die er selbst aussucht, glaubt an ein höheres Wesen, dem er den Namen Herr Gott gegeben hat, unterhält emotionale Beziehungen zu seinen Kindern und wechselnden Ehefrauen und nimmt gelegentlich berauschende Getränke bei lauter Musik zu sich.

Homo sapiens ist innerhalb der biologischen Systematik ein höheres Säugetier aus der Ordnung der Primaten, er gehört zur Unterordnung der Trockennasenaffen und dort zur Familie der Menschenaffen.

Der moderne Mensch ist die einzige bis heute überlebende Art der Gattung Homo.

Der menschliche Körper ist ein Gebilde, das zu 60 bis 70 Prozent aus Wasser, etwa 20 Prozent aus Proteinen, 15 Prozent aus Fetten und 5 Prozent Mineralien und anorganischen Stoffen wie Phosphor, Eisen, Zink, Kupfer, Blei, Cadmium und Chrom besteht.

Bei der Einäscherung eines Menschen verbleiben etwa 2 bis 3 Kilogramm Asche, die zum größten Teil aus dem Mineraldünger Tricalciumphosphat besteht, die Rauchgas-Filterrückstände müssen wegen des hohen Schwermetallgehaltes laut VDI 3891 als Sondermüll entsorgt werden.

Ich kann auch das Gehäuse rekonstruieren, das Franz mit seiner aktuellen Familie bewohnt.

Es ist ein ursprünglich für Zwecke der Nutzviehhaltung entworfenes Bauwerk, das auf einer Anhöhe am Rand des schmucken Tiroler Ortes Oberndorf steht, nicht weit von Kitzbühel, angesichts hoher, zu Zwecken des Wintersports angelegter Gipfel und Grate.

Ein offenbar streng nach alpinen Regeln errichteter Hof, nur an der Basis gemauert und weiß geschlämmt, zwei weitere Stockwerke und das Dach in grobem Holz ausgeführt, Balkone rundum, die Fenster mit schwenkbaren Brettern verschließbar, gegen die Unbilden der Witterung vermutlich, oder Angriffe von Tieren, ich weiß nicht, leben noch Bären in der Gegend, Wölfe, oder andere Räuber.

Das Dach jedenfalls ragt weit über die Mauern, geschnitzte Latten hängen von ihm, und sein First wird geziert von einem fein gezimmerten Krönchen, in dem Vögel flattern und eine Glocke schwingt.

fünf

Also gut, so gesehen ist das natürlich eine Frage, der Fußball, Menschen, die ihn spielen, ich denke daran, dass er alles beinhaltet, was in der menschlichen Bewegung liegt, Sprünge, Stürze, Kopfbälle, Handbewegungen, schnelle Läufe, Zweikämpfe, und das alles ohne Hilfsmittel.

Fußball ist reichhaltig, Fußball ist außerdem nicht teuer, jeder kann ihn spielen, was hätte ich denn machen sollen, als ich anfing, etwa Tennis, damals war das alles zu teuer, nein, wir spielten Fußball, alle.

Man braucht keine bestimmte Körpergröße, man braucht keine besonderen körperlichen Voraussetzungen, auch der Kleine findet seine Chance.

Fußball ist eben das interessantere Spiel, der schöne Sport, die Bedingungen sind ganz klar abgesteckt, es ist alles ganz klar besprochen, und jetzt muss man halt abwarten.

Ich bin gesundheitlich in Ordnung, mein Knochenapparat, Muskeln und Sehnen sind hundertprozentig in Schuss, dazu war ich auch immer viel zu gewissenhaft, ich habe mich regelmäßig behandeln lassen, die kleinsten Wehwehchen sofort kuriert, ich habe mich immer gut auf den Wettkampf und das Training vorbereitet, ich sehe in dieser Richtung überhaupt keinen Grund.

Das ist natürlich eine Überlegung, das ist ganz klar, schwierig zu beantworten, ich würde das auch nicht als Krise bezeichnen, da müsste man einmal die Definition des Wortes Krise hören.

Jetzt wird es immer schöner, was dann im Endeffekt draus wird, kann ich nicht sagen, ich kann mich nicht aufdrängen, aber ich kann nur immer wieder betonen, dass meine Bereitschaft, weiterzuspielen, sehr groß ist.

Da müsste man eine Regelung finden, das kann mir niemand verübeln, dass ich endlich an mich, an meine Zukunft denke.

Es war immer mein Traum, nur für den Fußball zu leben, also, ich bin glücklich, dass ich zufrieden bin, Glück ist so schwer zu definieren, aber Zufriedenheit, das weiß ich, was das bedeutet.

Aber ich mache mir nichts vor, ich möchte nicht bei einem Autounfall sterben, ich möchte nicht von einer Sekunde auf die andere tot sein, und wenn ich krank werde und Schmerzen habe, dann will ich die ertragen, ich kann Schmerzen gut aushalten, ich möchte ganz bewusst mitbekommen, dass ich sterben werde.

So spricht Franz, der Meister, das sagt Beckenbauer, über die Jahre, und es wird gehört, aufgezeichnet, es wird sorgfältig dokumentiert, vielfältig besprochen, memoriert, gedruckt, verbreitet, es wird gelernt, verstanden, angewendet, und so ist es endlich Gesetz.

Beckenbauers Profil ist, das hat sich somit herausgestellt, etwas weniger spektakulär, als wir angenommen haben.

Tauglich ist er dennoch, ohne Zweifel, und trotzdem überlege ich eine Weile, ob der jetzt nach Hause zu sendende Bericht wirklich alle Ergebnisse meiner ersten Analyse beinhalten muss, ob ich nicht Schwerpunkte setzen kann, Details ausschmücken, unterkomplexe Bereiche verschweigen, ein bisschen lügen also.

Denn ganz auszuschließen ist nicht, dass die Institutsleitung mich zurück beordert, bei näherer Betrachtung der aktuellen Ergebnisse und der bisher dafür entstandenen Kosten.

Aber ich will nicht zurück, das weiß ich plötzlich ganz genau.

Ich finde es gut hier, auf der Erde, das Leben gefällt mir in der Stadt München, obwohl alles so ganz anders ist als zuhause.

Und natürlich sind die physikalischen Gegebenheiten am wenigsten akzeptabel, Luftdruck, Zusammensetzung der Atmosphäre, Schwerkraft, klimatische Verhältnisse, da fehlen mir die gewohnten heimischen Bedingungen.

Kein Wunder, dass die hiesigen Exemplare so weit unter den durchschnittlichen Möglichkeiten geblieben sind, aber damit kann man sich auf Dauer wohl arrangieren.

Verglichen mit P4B7 zum Beispiel ist Oberbayern das Paradies, die Temperaturen liegen hier im Schnitt fast 80 Grad höher, es gibt etwa die Hälfte der Zeit natürliches Licht, und die Luft zum Atmen muss man auch nicht selbst mitbringen.

Dieses Lebenskonzept zielt auf Wohlbefinden, Spaß und eine gute körperliche Verfassung ab.

Heute versteht man darunter vor allem Methoden und Anwendungen, die das körperliche, geistige und seelische Wohlbefinden steigern.

Auch Mineralwasser, indischer Lassi, Socken, Tees, Magnetmatratzen, Müsli, Konfitüre und so genannte Nahrungsergänzungsmittel gehören dazu.

Der Zustand von Wohlbefinden und Zufriedenheit besteht aus den Faktoren Selbstverantwortung, Ernährungsbewusstsein, körperliche Fitness, Stressmanagement und Umweltsensibilität.

Ja, ich fühle mich wohl auf dem Planeten Erde, ich habe Kochen gelernt und Fußballspielen, ich kenne Tschorsch, Rita, Anne, Daniel und, wenigstens ein bisschen, Franz Beckenbauer.

Auch habe ich weiße Würste probiert und den großen Garten gesehen, ich spreche inzwischen den Dialekt der Einheimischen besser als mancher, der hier lebt, habe eine gemütliche Wohnung und bin für eine Beschäftigung programmiert, die mir Freude und Erfüllung bietet sowie eine Perspektive auf den nächsten überschaubaren Zeitraum.

Besser kann man es nicht treffen.

Ich habe so viel Berichte gehört vom Ausgang anderer Missionen, traurige Geschichten oft, voller Blut, Schweiß und Tränen, die sich jederzeit als Vorlage für dramatische Spielfilme eignen, deren Protagonisten jedoch nur selten glücklich heimkehren.

Die Lage unserer Gesandten auf fremden Planeten ist häufig miserabel, allerdings ist dies für viele hoffnungsvolle junge Kollegen kein Grund, solche Risiken zu scheuen, denn die Verhältnisse zuhause sind zwar die gewohnten, vertrauten, keineswegs aber die allerbesten, im Gegenteil, gerade die Bedrohungen und Gefahren auf dem eigenen, dem blauen Planeten sind es ja, die unsere Reisen notwendig machen, das Erkunden ferner Galaxien, interstellarer Routen und fremder Genpools.

Wir brauchen alternative Optionen für die Zukunft, und da kommen vierdimensionale amorphe Methanatmer auf P4B7 genauso in Frage wie ehemalige Fußballprofis aus Obergiesing.

Herrn Franz Beckenbauer über den FC Bayern München, Säbener Straße 51–57, 81547 München.

Sehr geehrter Herr Beckenbauer, ist Ihr Ruhm im Lauf der Zeit bis in die Weiten des Alls vorgedrungen? Könnte ja sein. Jedenfalls ist diese Annahme Teil einer Geschichte, an der ich gerade arbeite, eines Romans über einen Außerirdischen, den es nach München verschlägt, wo er sich unter anderem auf die Suche nach dem legendären Franz Beckenbauer macht.

In diesem Zusammenhang wäre es sehr hilfreich, ein Gespräch mit Ihnen führen zu können: Nicht über die neue Saison, sondern ganz allgemein über den Fußball, Ihr Leben, über München und die Welt.

Würden Sie mir dafür ein bisschen Zeit schenken? Vielleicht eine halbe Stunde? Wo und wann auch immer? Ich wäre Ihnen sehr dankbar!

Mit den besten Grüssen, Ihr Anatol Hinueber.

Diese Idee ist genial, wie ich finde.

Ich schreibe Franz einen Brief und gebe darin vor, ein Schriftsteller zu sein, der an einem Buch arbeitet über ein Alien auf der Suche nach Franz Beckenbauer.

Ich behaupte also, gerade das zu erfinden, was in Wirklichkeit eben passiert: Eine perfekte Tarnung, weil sie so wahnsinnig einfach ist, und ein absolut erfolgversprechendes Manöver, weil es nur mit der Wahrheit operiert und nichts als ihr.

Ich bin sicher, dass Franz bald antworten wird.

Dem Charme meiner Idee kann er sich nicht entziehen, lässt mich darüber spekulieren, wo er mich empfangen wird, in den Büros des Clubs an der Säbener Straße, irgendwo in einem Münchner Hotel, oder etwa bei sich zuhause in Oberndorf.

Ich frage mich auch, ob es notwendig ist, ein Geschenk zu bringen, eine braune Speise etwa, wie sie Rita mir einst angeboten hat, oder Bargeld, wie es bei Transfers im Fußballgeschäft offenbar vorgeschrieben ist.

Vor allem aber beschäftigt mich die eine, wesentliche Frage, nämlich ob es zielführend sei, Franz dann die Wahrheit zu sagen.

Würde er mir überhaupt glauben, wenn ich ihm erzähle, von Koho zu kommen und keineswegs ein Münchner Schriftsteller zu sein?

Würde er mich sofort hinauswerfen lassen, erschrecken, protestieren, würde er Angst vor mir haben?

Oder würde er sich sogar geschmeichelt fühlen, geehrt durch den Umstand, dass jemand Lichtjahre weit reist, nur um ihn zu treffen?

Beckenbauer ist ein Profi, und er hat viel gesehen von dieser Welt.

Also stelle ich mir vor, dass er sich nicht aus der Fassung bringen ließe.

Er würde sich in einen Sessel fallen lassen, mit gespielt strenger Miene womöglich, und einfach fragen, was meine wahren Absichten seien, warum ich diese alberne Tarnung gewählt habe, und dann, nach einer Pause vielleicht, wie er mir helfen könne.

Ich würde ihn mögen, denke ich, ich würde mögen, wie er, ganz entspannt, in diesem Sessel sitzt, als säße er jeden Tag in genau diesem, ich würde mögen, wie er redet, in diesem freundlichen, gedehnten Bayerisch, wie er den Kopf bewegt, lächelt, wie er zuhört und fragt und spricht, und wie er sich einen Spaß macht aus dem ganzen.

Ich würde in seine Augen schauen und wissen, dass er der Richtige ist, der Einzige, der Auserwählte.

Die Propheten künden angesichts des nahen Ende des Königtums nicht einfach dessen künftige reale Erneuerung an, sondern eine endzeitliche Rettergestalt, deren Kommen alles verändern werde.

Dieser Heilsbringer ist für sie auch ein von Gott erwählter Mensch, bringt aber im Gegensatz zu allen historischen Führungspersonen eine radikale Wende zum Frieden, Heil, Wohl für alle.

Seine Aufgabe ist nicht vorübergehend, befristet und widerrufsfähig, sondern endgültig und ewig.

Schwieriger würde die Sache allerdings, wenn Beckenbauer genau wissen will, warum dieser Außerirdische nach München gekommen ist, welchen Plan er verfolgt, und wie die Geschichte schließlich ausgehen soll.

Die Nutzung hiesiger Exemplare zu Forschungszwecken und als Ressource brauchbarer Stoffe ist auf der Erde noch mit moralischen Tabus belegt.

Niemand will gern atomisiert werden.

Die Unversehrtheit von Leib und Leben wird in ziemlich übertriebener Weise geschützt.

Franz würde seinen Körper niemals freiwillig verlassen, das kann man leicht vorhersagen.

Deshalb ist auch zu erwarten, dass er meiner Erzählung nicht in letzter Konsequenz würde folgen wollen.

Ich muss noch etwas anderes für ihn erfinden.

Würde ihn das Angebot interessieren, als Trainer nach Koho zu kommen, hätte er Lust, eine Mannschaft aufzubauen, die Fußball bisher nur aus audiovisuellen Überlieferungen kannte, die aber über mechanische Möglichkeiten verfügt, die jedes auf der Erde geborene Talent weit übertreffen?

Will er in eine interstellare Liga aufrücken, die 1,2 Millionen Tabellenplätze hat, um deren Reihenfolge ein paar Jahrhunderte lang gekämpft wird, und deren Champion das Recht erwirkt, sich einen Planeten seiner Wahl untertan zu machen?

Oder könnte ich ihn davon überzeugen, dass die Art von Unsterblichkeit, die er auf der Erde erlangt hat und die ja wohl nichts anderes ist als die recht zweifelhafte Annahme, sein Ruhm würde die Zeiten überdauern, nichts ist gegen den Status, den wir ihm bieten können, eine wirklich ewige Jugend nämlich, die absolut zuverlässig gewährleistet wird durch genetische Backups und turnusmäßiges Klonen, etwa alle 25 Jahre, mit organischer Runderneuerung und der automatischen Rücksetzung des mentalen Betriebssystems auf die Werkseinstellungen.

Die Lebensdauer der Exemplare auf der Erde ist ja ziemlich begrenzt, und die Versuche, sie mit chemischen Hilfsmitteln zu verlängern, nehmen sich eher kläglich aus.

Ob Franz sich schon Gedanken über die Zeit nach seinem Tod gemacht hat, weiß ich natürlich nicht.

Die Leute in München scheinen anzunehmen, dass sie nach ihrem Hinscheiden übergangslos auf flauschigen

Wolken landen, wo man sitzt und singt und trinkt, in weiße Hemden gekleidet und mit zarten Flügeln ausgestattet, und gelegentlich, bei guter Führung vielleicht, oder besonderen Anlässen, wird der eine oder andere noch einmal auf die Erde geschickt, möglicherweise sogar nach München, um Ratschläge oder Anweisungen des höchsten Wesens an gewisse Statthalter vor Ort zu überbringen.

Es gibt keine Hinweise, dass auch Franz diesem Glauben anhängt, und so habe ich Hoffnung, dass seine Vorstellungen des Dritten Zustands realistischer sind.

Er verehrt Herr Gott, das habe ich ja schon herausgefunden, doch auf seine praktische Lebensführung scheint das keinen großen Einfluss zu haben, man sieht ihn nicht im Tempel, auch die Speise nimmt er selten, und die Gebote achtet er, oder eben nicht.

Es gibt also einiges zu besprechen bei unserem bevorstehenden Treffen.

Franz und ich würden uns verstehen, soviel ist sicher, und inzwischen kann ich mich anderen Fragen zuwenden, Ritas Angeboten, den Vorschlägen von Tschorsch, und Anne natürlich, die in der Küche wartet.

Ich habe inzwischen von einigen sehr interessanten Richtungen der Speisenzubereitung gehört, deren eine von jungen Frauen vertreten wird, die das Nutzen tierischer Produkte rigoros ablehnen, die also kein Fleisch und keinen Fisch und kein Geflügel essen, weil sie diese Lebewesen nicht töten wollen, die aber ebenso auf Milch und Käse, auf Honig, sogar auf Leder für die Kleidung verzichten, da ja auch diese Produkte tierischen Ursprungs sind und im allgemeinen den Menschen keineswegs freiwillig überlassen werden.

Die andere wird wohl in einem weiter entfernten östlichen Land praktiziert, das die aufgehende rote Sonne auf seine Fahnen gemalt hat, dort huldigt man dem unbedingten Kult der Frische und verlangt Rindfleisch, Meeresgetier oder Muscheln so schnell als möglich nach dem Fang zu verzehren, und zwar roh, in Happen geschnitten und allenfalls mit ein paar Tropfen salziger Soße gewürzt.

Die radikalsten Anhänger dieser Richtung schätzen es sogar, wenn ein Fisch lebend auf ihren Teller kommt, wenn aus dem noch zuckenden Körper die Filets geschnitten werden.

Ich frage mich, ob es nicht möglich wäre, diese so gegensätzlichen Positionen in der Küche zu vereinen, Gerichte zu erfinden, die ein Höchstmaß an Respekt gegenüber der Natur mit frischestmöglichem Eiweißangebot verbinden, und die Antwort kann natürlich nur die konsequente Verwendung von Insekten jener Art sein, die sowieso nur eine sehr begrenzte Lebensdauer hat, es gälte also, Menus zu entwerfen auf der Basis von Eintagsfliegen.

Man kann sie knusprig frittieren, nehme ich an, zu Ragouts schmoren, im ganzen backen, zu saftigen Laiben formen, ihre Körperflüssigkeiten einkochen zu Soßen und Suppen, die zarten Flügel in luftigen Desserts verwenden, nahrhafte Brotaufstriche anrühren oder würzige, appetitanregende Vorspeisen daraus machen, wenn man ihrer nur in ausreichender Menge habhaft wird.

Dafür immerhin bin ich in idealer Weise ausgerüstet.

Bestimmte Arten genetisch zu identifizieren, in ihren Verstecken und Lebensräumen ausfindig zu machen und unverzüglich einzusammeln, ist mir ein leichtes, egal, ob es sich dabei um eine Herde Ochsen oder ein paar Ephemera vulgata handelt.

Wobei die Ochsen zugegebenermaßen etwas mehr Umstände und vor allem mehr Schmutz machen, während auch ein größerer Schwarm Insekten jederzeit unauffällig in die Wohnung zu schaffen ist und dort weiter verarbeitet werden kann.

Außerdem bringt er ein bisschen Abwechslung in meine Abende, weil ich nun in der Küche unter der Lampe sitzen kann, um, eine nach der anderen, die flink kreisenden Fliegen zu schnappen und zu töten.

vier

Da fällt mir auch Rita wieder ein, der ich mich bisher viel zu wenig gewidmet habe, und die mich erst gestern auf der Treppe wieder so freundlich angelächelt hat.

Ich beschließe, sie mir vorzunehmen, gleich morgen, wenn sie wieder im Hausflur steht in einem ihrer kurzen Röcke, denn ich bin neugierig geworden auf ihr Fleisch, ich will endlich herausfinden, was es ist, das die Menschen nachts in ihren Betten treiben, und ob ich das auch zu leisten imstande bin, ein wenig mitmachen, zuschauen, dabei sein, oder wenigstens alles darüber wissen.

Wegen der hohen Kosten unserer Missionen sind wir angehalten, möglichst schnell und zielstrebig zu agieren.

Umfassende Kenntnisse über die Einsatzorte und ihre Bewohner zu gewinnen, ist also nicht erwünscht, meist auch gar nicht möglich.

Aber wenigstens die Völkerkundler im Institut sind immer dankbar, wenn wir ihnen ein paar Beobachtungen oder Fundstücke mitbringen, man weiß ja nie, wann man das noch einmal brauchen kann.

Leider sind wir für Gefühle nicht programmiert worden.

Ich habe überhaupt erst in München erfahren, dass es so etwas gibt, und meine Vorstellungen von der Auswirkung dieser Anwandlungen auf das Betriebssystem, das Hirn, den Bauch oder was auch immer die Affekte der Exemplare hier steuert, sind sehr vage.

Empfindungen scheinen nicht zwingend zur Reproduktion zu führen, es gibt offenbar unterschiedliche Arten, die eingeteilt werden können in Zuneigung für Kinder, Geschlechtspartner, Hunde oder Autos, wobei die zu letzteren angeblich am nachhaltigsten befriedigt werden, während die Leidenschaften jener Menschen, die solche für andere Männer oder Frauen entwickeln, meist unglücklich verlaufen.

Rita ist wohl ein Sonderfall.

Sie mag weder Autos noch Frauen, ebenso wenig Tiere.

Statt dessen schwärmt sie für ein Alien.

Und auch wenn sie das wahrscheinlich gar nicht weiß, da ich ihr noch nichts über meine Herkunft erzählt habe und es auch in Zukunft nicht zu tun beabsichtige, so hat sie doch Gelegenheit für die Einsicht gehabt, dass ich nicht ein Mann wie jeder andere bin.

Trotzdem hat sie ja allerlei Signale gesendet, die ich auch empfangen habe, und zwar nicht ungern, aber ich bin dabei wohl meist abgelenkt gewesen von aktuelleren Prioritäten, von Fragen, die mit meinem Auftrag zu tun haben also, oder auch solchen, die sich aus zufälligen Begegnungen mit kleinen Jungen und deren Müttern ergeben haben.

Aufgrund der angenommenen extremen Seltenheit von Leben im Universum gehen die meisten Menschen heute davon aus, dass, wenn es überhaupt intelligentes, technologisch fortgeschrittenes außerirdisches Leben gibt, vermutlich enorme Distanzen zwischen uns und ihnen liegen.

Bislang gibt es jedoch keine stichhaltigen Hinweise auf die Existenz von Außerirdischen überhaupt, geschweige denn auf den tatsächlichen Besuch von Außerirdischen auf der Erde.

Die seriöse Wissenschaft konzentriert sich vor allem auf die Suche nach Anzeichen von (primitivem) Leben oder dessen Spuren auf Meteoriten, unseren Nachbarplaneten und deren Monden einerseits, sowie auf die Suche nach Radiosignalen, die von intelligentem außerirdischem Leben in fremden Sonnensystemen herrühren könnten.

Grüß Gott, Weichselberger, Büro Franz Beckenbauer, wir haben ihre Anfrage bekommen bezüglich eines kurzen Interviews mit Herrn Beckenbauer in Bezug auf ihr neues Buch, ich muss ihnen hierzu leider absagen, weil Herr Beckenbauer wie gesagt zur Zeit sehr, sehr viele Anfragen hat und leider keine Zeit finden wird, vielen Dank, auf Wiederhören.

Das genau ist die Nachricht, die mein Anrufbeantworter für mich bereithält.

Er blinkt mich freundlich rot an, als ich die Wohnung betrete, und ich schenke ihm natürlich sofort Gehör.

Diese Botschaft allerdings mag ich nicht glauben.

Ich drücke die Play-Taste und spiele sie ein zweites Mal ab. Diese Frau Weichselberger hat einen routinierten Ton, eine nicht unangenehme österreichische Färbung in der Stimme, es klingt ein bisschen, als würde sie ähnliche Mitteilungen den ganzen Tag ins Telefon sprechen.

Für sie ist das ganz normal.

Für mich ist es eine Katastrophe.

Ist sie wirklich autorisiert, Franz Beckenbauer zu vertreten?

Sie scheint meinen Brief zu kennen, aber hat man jemals in Zusammenhang mit dem Meister von einer Frau Weichselberger gehört?

Einen Vornamen hat sie offenbar nicht, sie hat auch keine Nummer genannt, unter der man sie hätte zurückrufen können, um eventuelle Missverständnisse auszuräumen, wohl aber hat sie ihre Ansage mit einem durchaus nicht unfreundlichen Auf Wiederhören beendet, was ja letztlich nichts anderes ist als die Aufforderung, das Gespräch, so es denn ein solches ist, das da begonnen hat, auch fortzusetzen.

Grüß Gott, Frau Weichselberger, danke für ihre Nachricht, freut mich, sie kennenzulernen, das könnte der Anfang einer Antwort sein, die ich nur leider nirgendwohin richten kann, ich habe keine Ahnung, wo Frau Weichselberger anzutreffen gewesen wäre, in der Säbener Straße, den Büros des Vereins, irgendwo anders in München, oder in Kitzbühel, bei Beckenbauer zuhause, das weiß ich nicht, ich kann nicht zurückrufen, nichts richtigstellen, habe keine Möglichkeit, den Kontakt auszubauen, keine Chance, Weichselberger klarzumachen, wie wichtig ein Treffen mit Franz Beckenbauer für mich wäre, wie bedeutend, vielleicht auch für ihn.

Wann ist die Nachricht übermittelt worden?

Kann sie vielleicht zurückverfolgt werden?

Ich bin nicht lange weg gewesen, der Anruf muss in den letzten zwei Stunden erfolgt sein.

Sprache wird hier digitalisiert und mit Lichtgeschwindigkeit durch unterirdische Kabel gejagt, inzwischen ist Frau Weichselbergers Telefon vermutlich längst wieder abgeschaltet oder für andere Zwecke, neue Botschaften, weitere Empfänger umprogrammiert.

Susanne Weichselberger London Bed & Breakfast, Malchenweg 5, 64625 Bensheim, Deutschland, lovely accomodation from our wide selection of private homes, Angebote für Frühbucher, Sonderpreis, das kann ja wohl nicht sein, Weichselberger GmbH in Geretsried, Elektrotechnik, Annette Weichselberger, wissenschaftliche Mitarbeiterin, IFO Institut München, in Deutschland gibt es 21 Telefonbucheinträge zum Namen Weichselberger und damit 56 Personen mit diesem Namen, diese leben in 11 Städten und Landkreisen, die meisten Anschlüsse sind in Eichstätt gemeldet, nämlich sieben, weitere Städte mit vielen Namensträgern sind Schwandorf, Köln, Bergstraße, München, Ebersberg, Frankfurt am Main, Bad Tölz, Konstanz sowie Landshut.

Karl Weichselberger kommt in Deutschland am häufigsten vor, acht Träger des Namens Weichselberger gibt es in Polen, einen Telefonbucheintrag in der Schweiz und circa 87 Personen mit diesem Namen in Österreich, wo Weichselberger somit der 6139 häufigste Name ist.

Irgendwo draußen gibt es ein hässliches Geräusch, ein abgerissenes Kreischen, gefolgt von beunruhigender Stille.

Ich reiße die Tür auf und schaue ins dunkle, völlig leere Treppenhaus, renne in mein Badezimmer, wo auch nichts zu sehen ist, laufe zurück und merke erst jetzt, dass die Tür zu Ritas Wohnung offen steht.

Ein matter Lichtschein strömt aus ihrer Küche in den Flur. Rita hockt auf dem Boden, in den Trümmern eines Stuhls, über ihr ein Verhau aus Brettern und Leisten, um sie herum Töpfe, Körbe, Schachteln, Scherben.

Sie ist offenbar auf den Stuhl geklettert, um aus einem der oberen Fächer des Küchenregals selten benötigtes Gerät zu angeln, dabei ist der Sitz durchgebrochen, sie hat sich am Regal festgehalten, das mit ihr umstürzte, so dass schließlich alles in einem berstenden Haufen niedergegangen ist.

Da aber das zusammengefallene Regal sich mit dem gegenüber stehenden Kühlschrank zu einem irgendwie eleganten, torähnlichen Gebilde vereinigt hat und sein ganzer Inhalt in putzig bunter Weise um Rita angeordnet liegt, die ihrerseits nicht nur unverletzt, sondern auch sehr appetitlich anzusehen ist, da sie nichts als eine knappe Pyjamahose trägt und ihre Brüste sich im Licht einiger Kerzen heben und senken, bietet sich meinen Augen ein sinnfälliges Bild des Jammers wie der Anmut.

Warum allerdings die Wohnungstür offen steht, erklärt das nicht, genauso wenig den Umstand, dass Rita zwar beim Zusammenkrachen des Mobiliars gellend geschrien, dann aber geschwiegen hat, statt um Hilfe zu rufen, und warum sie auch jetzt weder etwas sagt noch Anstalten macht, sich aus ihrer misslichen Lage zu befreien.

Denn Rita sieht mich nur an und lächelt.

Ich klaube die Trümmer von ihr, hebe sie hoch und trage sie in das sogenannte Schlafzimmer.

Dort entferne ich ihr Höschen, reinige ihre Schenkel von einigem Kakaopulver, blase Zucker von ihrer Brust und zupfe ein paar Spiralnudeln aus Ritas Haar, während sie sich auf ihrem Bett in die jeweils ideale Position dreht und mir alle Stellen zeigt, die meiner Aufmerksamkeit bedürfen.

Ich habe den Stuhl mit Bedacht ausgesucht, er ist wackelig und zerbrechlich, doch ganz aus Holz gemacht, keine scharfen Plastikteile, keine Schrauben, die mich verletzen konnten.
Ich war mir sicher, dass er sofort in sich zusammenkrachen würde, wenn ich ein bisschen auf ihm herumhüpfte, und so geschah es auch, ohne viel Umstände, dafür mit gehörigem Lärm.
Was ich aber nicht geplant habe, ist, dass ich das Regal mitreißen würde, reflexartig, und dass der Stuhl zwar zerbrechen, mich dabei aber auch, wie ein hölzerner Rahmen, umklammern würde.
Jedenfalls erwies es sich als sehr günstig, die Wohnungstür vorher weit geöffnet und dann auch laut genug geschrien zu haben.

Im Gegensatz zu Kunstobjekten besteht der vorrangige Wert von Möbeln in ihrem Gebrauchswert, nicht dem ästhetischen Wert.

Im Gegensatz zu Maschinen und Werkzeugen dienen sie nicht der Produktion, sondern der Aufnahme von Mensch, Tier oder Gegenständen: Dem Sitzen, Stehen und Liegen.

Im Vergleich zu architektonischen Objekten und anderen baulichen Anlagen haben Möbel eine Dimension, die es ermöglicht, sie mit Muskelkraft zu bewegen, allerdings sind sie, verglichen mit anderen Haushaltsgegenständen und Objekten, die man mühelos mit sich herumtragen kann, von größerer Dimension und Schwere.

Ein Grenzphänomen sind Einbaumöbel, die auf Grund ihrer festen Verbindung mit der baulichen Struktur nicht mehr bewegbar sind.

So lernen wir uns schon ein bisschen besser kennen.

Ich kann meine Kenntnisse der weiblichen Anatomie erheblich erweitern, meinem Wortschatz diverse von Rita geflüsterte Begriffe hinzufügen, die ich auf der Erde noch nie gehört habe, und außerdem aufschlussreiche Proben ihrer Körperflüssigkeiten sicherstellen, die ich vorfinde, als ich Ritas Mitte mit meinen Händen in allen Falten und Spalten noch einmal nach übrig gebliebenen Spuren von Nudeln und Kakao absuche.

Rita beschließt die Prozedur mit einem Seufzen, das vermutlich ihre Erschöpfung nach all der Aufregung signalisieren soll.

Ich verstehe sie gut, breite eine Decke über ihren Körper und gehe wieder nach nebenan.

Es scheint den Menschen zu gefallen, sich gegenseitig ihre Körperöffnungen zu zeigen.

Das tun sie nachts und in ihren Betten, weiß ich jetzt, wobei sich mir der genaue Zweck der Beschäftigung noch nicht erschlossen hat.

Aber das macht nichts, Rita ist wohl durchaus gewillt, mir mehr zu zeigen, und das ist offenbar ja auch das, was man hier unter einer guten Nachbarschaft versteht.

Ich höre mir noch einmal Frau Weichselbergers Botschaft an.

Wir haben ihre Anfrage bekommen, hat sie gesagt, und dieses wir bedeutet immerhin, dass Beckenbauer jetzt von mir weiß, mein Name ihm geläufig ist, und mein Anliegen zumindest in Form einer Geschichte bei ihm deponiert ist.

Die strengen Regeln meiner Mission verlangen, dass ich spätestens morgen einen neuen Bericht nach Hause sende, zum Stand der Dinge, damit meine Väter auf Basis der Fakten entscheiden können, ob und in welcher Form meine Vorhaben weiter betrieben werden sollen.

Aber da ich zur Stunde zwar einige Wahrheiten über die Verhältnisse auf dem Planeten Erde und seinem Mittelpunkt, der Stadt München, präsentieren kann, leider aber wenig konkrete Erfolge, was meinen eigentlichen Auftrag angeht, sehe ich mich gezwungen, die Geschichte ein wenig zu korrigieren, das Glück herauszufordern und ihnen etwas vorzulügen.

Beckenbauer sei zuverlässig ausgemacht, schreibe ich, sein Aufenthaltsort bekannt, der Kontakt hergestellt, und das ist ja noch nicht einmal ganz falsch.

Auch dass die Parameter des Transfers unter hiesigen Bedingungen getestet seien, stimmt, der gute Luigi ist es, der sie hat erproben müssen.

Aber wenn ich dann behaupte, der Abschluss der Mission stünde unmittelbar bevor, alles sei vorbereitet, Franz freue sich schon auf die Herausforderung und blicke zuversichtlich nach Koho, dann ist dies doch eher ein Wunsch als die Wahrheit.

Trotzdem ist es eine Freude, diesen Bericht abzusetzen.

Es befriedigt mich, ordentliche Arbeit zu leisten, den an mich gestellten Erwartungen zu genügen, ich will nicht auffallen als einer, der unzuverlässig ist, der aus der Reihe tanzt.

Wir wollen alle gleich gut sein, universell einsetzbar, schnell zu programmieren, belastbar, robust.

Einmal auf eine Sache angesetzt, würde ich sie auch bis zum Ende durchführen, egal, was passiert, wir können sehr konsequent sein, vollkommen emotionslos dabei, glücklicherweise, das ist unsere Natur, keine Angst, vor nichts und niemandem, auch nicht vor uns selbst, unserem eigenen Untergang.

Wie lang bin ich jetzt schon in München?

Nach der auf der Erde geltenden Rechnung fast ein Jahr, und selbst wenn man die Anreise dazu nimmt, ist es, von Koho aus gesehen, eine angemessene Investition an Zeit.

Das denke ich jedenfalls, obwohl ich genau weiß, dass wir nie erfahren, wie unser Limit eingestellt ist.

Irgendwann ist es einfach vorbei, und wer dann nicht mit den Früchten seiner Arbeit heimgekehrt ist, zerfällt zu Staub oder detoniert oder versinkt einfach, in der ewigen Kälte des Alls.

Und da begreife ich plötzlich, warum Rita meine Rettung ist.

Ich habe es die ganze Zeit gewusst, sie hat es mir ja erzählt, schon vor langem, damals, als ich in der Säbener Straße gewesen bin.

Sie arbeitet dort, ist Angestellte des Vereins, sie hat jeden Tag mit den Spielern, dem Trainer, dem Manager zu tun, und sie trifft Beckenbauer, immer wenn er da ist.

Rita kennt ihn, hat sein Vertrauen, sie also ist der Zugang, der Schlüssel zu Franz.

Er ist so zart gewesen, so höflich und zuvorkommend, sensibel, aufmerksam, fand genau den richtigen Ton, das angemessene Tempo, er wusste, oder schien zu wissen, zu ahnen, was ich wollte, und gab es mir, in aller Ruhe, nie zu schnell.
Er zögerte manchmal auch einen Moment, ließ mich warten, aber nicht so lange, dass ich ungeduldig geworden wäre, dass ich hätte etwas unternehmen müssen, immer war er im richtigen Moment zurück, mit seiner Stimme, seinen Händen, seinem Duft, seiner Haut.
Er war wunderbar.
Ich träumte, flog, keuchte, schrie, verlor mich ganz in meiner Lust, und musste dann, vollkommen fassungslos, zur Kenntnis nehmen, dass Anatol schon nach der ersten Runde zufrieden war, dass er ging, als ich kam, gerade, als ich anfangen wollte, diesen seltsamen, großen Kerl endlich einmal richtig dranzunehmen.

Ein Kind ist ein Mensch, der sich in der Lebensphase der Kindheit befindet.

Nach deutschem Recht ist Kind, wer noch nicht 14, Jugendlicher, wer 14, aber noch nicht 18 Jahre alt ist.

Allgemein werden in der Entwicklungspsychologie nach dem Stand der biologischen, psychischen und sozialen Entwicklung folgende Entwicklungsabschnitte unterschieden: Neugeborenes bis 28. Lebenstag, Säuglingsalter 1. Lebensjahr, Kleinkindalter 2. und 3. Lebensjahr, frühe Kindheit 4. bis 6. Lebensjahr, mittlere Kindheit 7. bis 10. Lebensjahr und späte Kindheit 11. bis 14. Lebensjahr.

Daraufhin folgt die Phase der Adoleszenz.

Soll ich sofort zurück zu ihr?

Ich sehe keinen Grund für solche Eile, es ist spät in der Nacht, bestimmt schläft Rita inzwischen, wir haben uns gut unterhalten, ich habe sie versorgt, oder wie man dazu sagt, und morgen ist auch noch ein Tag.

Wir würden einiges zu besprechen haben, denn nun geht es darum, einen präzisen Plan zu erstellen, Ort, Uhrzeit, Sonnenstand, verschiedene kosmische Parameter, Beckenbauers Mageninhalt und vielleicht auch, als kleine sentimentale Geste, seine letzten Worte an die Menschheit.

drei

Das große Finale!

Der Abschluss meiner Mission. Die Heimholung des Meisters. Franz Beckenbauers Himmelfahrt. Oder auch, vielleicht: Die Krönung einer unvergleichlichen Karriere.

Der Gedanke verursacht ein Zufriedenheitslevel von annähernd 97 Prozent.

Ich werde nach Hause reisen, sehr bald schon, und meine Ergebnisse präsentieren, werde meine Eignung für dieses Unternehmen eindrücklich belegt, meinen Vätern einen Dienst erwiesen haben, vielleicht sofort eine neue, wichtigere, noch interessantere Aufgabe übernehmen.

Ja, so muss es kommen, ein großer Schritt nach vorn, und schon die nächste Operation würde ich nicht mehr allein ausführen müssen, es gäbe Unterstützung, unbegrenzte Ressourcen, genauere Karten, prominentere Ziele, ein Heer würde ich befehligen, eine Flotte, einen Krieg.

Denn wir schaffen natürlich nicht irgendwelche Fußballgötter mit enormem Aufwand aus Lichtjahre entfernten Galaxien heran, nur um unsere Liga sportlich ein bisschen besser aufzustellen.

Was wir vor allem erwarten, sind ziemlich bald messbare Ergebnisse bei der militärischen Ertüchtigung unserer Athleten, bei denen Kraft und Geschwindigkeit ja nach Belieben einstellbar sind, deren Zusammenspiel, taktisches Geschick, strategische Kreativität, kriegerischen Instinkt und so weiter es aber unbedingt zu optimieren gilt.

Die 90 Minuten auf dem Rasen dienen der Vorbereitung auf die Schlacht, so einfach ist das, es ist schon immer so gewesen, und seltsam daran ist nur, dass sich das Fußballspiel so konsequent und in so kurzer Zeit in der Milchstraße und dem ganzen Universum als ideale Trainingssituation durchgesetzt hat.

Nicht nur die Menschen spielen es, oder Leute wie wir, sondern auch diese primitiven Wesen auf RZDZ, Arbeitsroboter unter Beteigeuze oder die Herren von Groleau.

Die Simulation oder Simulierung ist eine Vorgehensweise zur Analyse von Systemen, die für die theoretische Behandlung zu kompliziert sind.

Ein Auto-Crashtest beispielsweise ist eine Simulation für eine reale Verkehrssituation, in der ein Auto in einen Verkehrsunfall verwickelt ist.

Dabei wird die Vorgeschichte des Unfalls, die Verkehrssituation und die genaue Beschaffenheit des Unfallgegners stark vereinfacht, auch sind keine Personen in den simulierten Unfall verwickelt, stattdessen werden

Crashtest-Dummies eingesetzt, die mit realen Menschen gewisse mechanische Eigenschaften gemeinsam haben.

Ein Simulationsmodell hat also nur ganz bestimmte Aspekte mit einem realen Unfall gemeinsam.

Also freuen sich zuhause alle schon aufrichtig, das hat man mir übermittelt.

Franz Beckenbauer wird erwartet, und auch auf Koho sind längst alle Vorbereitungen getroffen.

Maschinen stehen bereit, ihn gleich in Empfang zu nehmen, das Material zu prüfen und genetisch auszuwerten.

Franz würde, zuallererst gereinigt, vermessen, dokumentiert werden, dann sofort geklont, sicherheitshalber, ehe er, nach eingehender Befragung und, nach Möglichkeit, einer ersten Demonstration seiner Kunst, in sein Gehäuse gebracht wird.

Denn man hat speziell für Beckenbauer ein Behältnis konzipiert, das ideal seinen Maßen entspricht, also etwa 185 Zentimeter lang ist und 60 breit, mit regelbarer Beleuchtung, automatisch angepasster Temperatur und Anschlüssen für Nährflüssigkeit, Sauerstoff, Abluft und Sonstiges.

Dieser Ort ist für ihn besonders aufwändig gefertigt worden, unsere besten Meister haben Hand angelegt und nur ausgesuchte Produkte verwendet, allerfeinstes, importiertes Aluminium, teuren Kaltschaum, Ornamente aus Polyäthylen und Griffe aus alter, erbeuteter Bronze.

Wahrscheinlich würden sie den Gott-aus-Giesing erst einmal als Trophäe feiern, ihn durch die Straßen schieben und bei intergalaktischen Treffen präsentieren.

Kann auch sein, dass sie ein paar kleinere Teile von ihm versteigern oder direkt verkaufen, bei ähnlichen Gelegenheiten haben Haarsträhnen, Stücke vom Ohr oder ein kleiner Finger enorme Summen eingebracht.

Beckenbauer ist ja nicht mehr nur als Fußballer berühmt, sondern auch durch sein Reproduktionsverhalten auffällig, seine Zeugungskraft scheint unbegrenzt zu sein, und das lockt Nachahmer, fördert Begehrlichkeiten aller Art.

Üblich ist auch die umfassende mediale Verwertung des Ereignisses, Bild- und Tonaufnahmen, Liveübertragungen, molekulare Scans, Nanovideos in 3D, jeder Neuzugang wird so gewürdigt, geschickt vermarktet, schließlich sollen sich unsere Investitionen auch ein bisschen rentieren.

Die Rekapitalisierung der Behörde ist zwar nicht erstes Ziel unserer Aktionen, dennoch aber erwünscht, ja gefordert, denn welchen Nutzen haben solche Unternehmungen, wenn sie nicht hinreichenden Anklang bei einem repräsentativen Teil der Bevölkerung finden?

Unsere Finanzierung hängt schließlich in erheblichem Maß vom Wohlwollen einschlägiger Gremien ab, die ihrerseits nicht ganz unabhängig sind und gern auf die auch bei uns schnell wechselnde sogenannte öffentliche Meinung hören.

Meine Reise nach München ist nie in Frage gestellt worden, dass ich Franz Beckenbauer ausfindig machen und mitbringen würde, ist dabei stillschweigend vorausgesetzt.

Ebenso, dass meine Beute sich als brauchbar erweisen würde, dass Franz kooperativ ist, dass seine Arbeit für uns Erfolge zeitigt und er sich zügig vermehrt, schließlich, dass der Export seiner Nachkommen sich als das gute Geschäft erweisen würde, das alle erhoffen.

Aber darüber wird in der Öffentlichkeit nicht so gern gesprochen.

Man will lieber den gemeinen Nutzen, die kulturelle Bereicherung gewürdigt sehen.

Fußball sei eine weltenverbindende zivilisatorische Errungenschaft, vergleichbar nur der Musik oder der Programmierung virtueller Liebesabenteuer, jede Investition in diesen Sport und seinen vornehmsten Protagonisten sei gerechtfertigt im Hinblick auf zukünftige Generationen, und man freue sich schon sehr auf das nächste Spiel, um teilzuhaben am Guten, Schönen und Wahren.

Es klingelt an der Wohnungstür, und dieses schrille Geräusch holt mich schnell wieder zurück an den Ort meines aktuellen, immer noch unerledigten Auftrags, die schöne Stadt München.

Tschorsch steht da draußen, wippt ungeduldig von einem Bein auf das andere, runzelt die Stirn, ein Effekt, den zu erlernen mir bisher versagt geblieben ist, und fragt mich, ob ich denn vergessen habe, in welch schwierigen Verhältnissen er sich nach wie vor befinde.

Seine Mutter, Anne, habe zwar meine Fertigkeiten im Kochen rückhaltlos genossen und bewundert, selbst aber keine Konsequenzen daraus gezogen, entgegen aller Hoffnung koche sie so schlecht wie eh und je.

Außerdem, davon habe er nicht so oft gesprochen, seien seine Leistungen in der Schule noch nie übermäßig gut gewesen, in jüngster Zeit aber, sicher auf Grund diverser Ablenkungen, für die er vielleicht gar nicht wirklich verantwortlich zu machen sei, sind sie dramatisch schlechter geworden, bis auf Sport natürlich, aber Mathematik, Sprachen, Physik, Chemie, alles Katastrophen.

Das habe ich Anatol jetzt schon so oft gesagt,
wenn er bei uns war, aber er hat nie verstanden,
was an einem Zahlenstrahl kompliziert sein

soll, oder dass ich nicht kapiere, wieso der Betrag von –10 derselbe war wie von 10. Manchmal hat er mir bei den Hausaufgaben geholfen, er las dann schnell die Fragen durch und schrieb gleich das Ergebnis daneben, so einfach war das bei ihm, aber das bringt mir nichts, alles richtig, nichts begriffen, so komme ich nicht weiter.

Tschorsch will, dass ich mit Anne rede, über die Schule, und auch über das Kochen, und vor allem wohl darüber, dass überhaupt zu wenig geredet wird.

Offensichtlich braucht er jemanden, der nicht nur etwas weiß über diese Welt, sondern auch bereit ist, sein Wissen mit einem kleinen Jungen zu teilen, sich viele Fragen anzuhören, zu streiten und zu lachen, er wünscht, ich soll derjenige sein, da wir ja schon zusammen Fußball gespielt und für seine Mutter gekocht haben, das hat eine ausreichende Vertrauensbasis geschaffen, nehme ich an, und Tschorsch denkt wohl, dass auch gern ein bisschen mehr daraus werden könne, so etwas wie eine Mannschaft, nur ohne Trainer, dafür mit gemeinschaftlichen Duschen.

Für mich ist das kein Problem, technisch sind wir dafür ausgerüstet.

Ich bin wasserdicht bis 200 Meter, und Anne ist ja eine wirklich nette Person.

Ich mag sie gern, sie ist dünner als Rita, auch spricht sie nicht so laut, so dass ich etwas weniger über ihre Bedürfnisse erfahren habe, dafür sagt mir die Zusammensetzung ihrer Säfte besonders zu.

Ihr Anteil an Phenolen und Aldehyden wirkt sehr anregend auf mich, so dass ich keinen Grund sehe, warum ich mich nicht auch mit Annes Körperöffnungen beschäftigen sollte, wenn schon Rita so viel Gefallen daran gefunden hat.

Anne hat Tschorsch, einen Nachkommen männlichen Geschlechts, aktuell 146 Zentimeter groß, 32 Kilogramm schwer, der noch einen erheblichen Teil seiner Milchzähne besitzt und nicht geschlechtsreif ist.

Ob sie weitere zu produzieren plant, entzieht sich meiner Kenntnis, während Rita offenbar sehr daran interessiert ist, sich fortzupflanzen.

Sie will ein Baby, und zwar sofort.

Inwieweit meine Hardware allerdings auf die hier verbreiteten Fortpflanzungstechniken soweit einzustellen ist, dass sie biologisch relevante Effekte zeitigt, ist nur in einem praktischen Versuch festzustellen.

Meine äußere Hülle ist von der eines Einheimischen nicht zu unterscheiden, wenigstens in Bezug auf Bewegung, Temperatur und Oberflächensensibilität.

Nur besteht sie nicht, wie bei den Menschen, aus stoffwechselabhängiger Biomasse, sogenanntem Fleisch, sondern natürlich aus ionisiertem Metallschaum, wie sonst eigentlich überall, und alle Bewegungsabläufe sind individuell programmierbar.

Dass ich dabei keine Flüssigkeiten produziere, Blut, Schweiß, Tränen, habe ich immer eher als Vorteil empfunden, es müssen auch keine Feststoffe entsorgt werden, beispielsweise.

Doch Reproduktion ist in München und anderswo auf dem Planeten Erde auf Injektionen gewisser selbstproduzierter Gelees angewiesen, die genetische Codes enthalten.

Das ist zwar reichlich unzuverlässig, was die Datenübertragung angeht, scheint den hiesigen Exemplaren aber außerordentliche Befriedigung zu verschaffen.

Das frische Ejakulat eines gesunden, geschlechtsreifen Mannes ist milchig-trüb, leicht glänzend, besitzt einen pH-Wert zwischen 7 und 7,8 und ist mit glasigen, klebrigen Fäden durchsetzt.

Gelegentlich, wie beispielsweise nach längerer Enthaltsamkeit, findet man gelbe Pigmente, sogenannte Flavine.

Das im Ejakulat auch befindliche Spermin gibt dem menschlichen Sperma einen charakteristischen Geruch und Geschmack, etwa wie weißer Moschus oder Kastanienblüten, der jedoch durch bestimmte aromareiche Nahrungsmittel oder Getränke mehr oder minder deutlich verändert werden kann.

Unter Ultraviolettstrahlung leuchtet Sperma blau.

Wie aber kann künstlich solches Sperma hergestellt werden, mit den mir zur Verfügung stehenden Mitteln, und welche Erbinformationen sollen ihm mitgegeben werden?

Kann ich versuchen, ein Wesen wie mich zu zeugen, ist es besser, ganz unauffällig zu bleiben und einen Tschorschklon in die Welt zu setzen, oder soll hier etwa schon das Beckenbauer-Prinzip angewendet werden, probeweise?

Es wäre, wurde mir klar, fast das einfachste, da ich ja bereits über einschlägiges Material verfüge.

Ich habe die Haare Beckenbauers aus dem Salon des Franzosen, darin ist, wie in allen menschlichen Zellen, der Code gespeichert, dessen ich bedarf, um mit Rita oder Anne eine beliebige Menge Beckenbauerbabys herzustellen, die ich aber andererseits in München gar nicht brauchen kann.

Der Bedarf ist anderswo, auf Koho soll dieses Produkt hergestellt werden, dort wartet man darauf, den Vertrieb zu starten, weltweit.

Selbstverständlich sollen dort dann auch alle Nachkommen von Franz Beckenbauer persönlich gezeugt werden, auch wenn das technisch gar nicht notwendig ist.

Er kann jederzeit, auf Basis seines genetischen Materials, simuliert werden, so wie auch ich hier oder anderswo aus einem Haar des Franz viele kleine Beckenbauers machen kann.

Aber das ist etwas anderes, es ist nicht echt, das Produkt nicht so authentisch.

Die Kunden wollen die Gewissheit, ein Original zu kaufen.

Bloßer technischer Reproduktion fehlt die Aura des Einmaligen, der Geruch des Rasens, der Dampf der Umkleideräume, das Aroma des Sports.

Aber das sind keine Themen für Tschorsch, der immer noch in meiner Wohnungstür steht, die Stirn runzelt und eben ganz unschuldig wissen will, ob ich nicht einen kleinen Beitrag zum Familienglück leisten könne.

Anne sei jetzt zuhause, er selbst habe auch nichts weiter vor, sie beide würden sich freuen, wenn ich käme, ihnen einen Besuch abzustatten, und sie hätten auch schon gegessen, Speisen zu bereiten wäre also heute nicht notwendig.

Allerdings hätten sie kürzlich das Buch eines berühmten Münchner Kochs gekauft, der außerordentliche Rezepte vorschlage, über die man sich ja vielleicht ein bisschen unterhalten könne, in Bezug auf Realisierbarkeit, Geschmack und Aufwand.

Nun, warum nicht, gegen einen gemütlichen Abend ist wirklich nichts einzuwenden, ein bisschen plaudern, ein paar Erfrischungen einnehmen, von Tschorsch Neuigkeiten über Schule oder Fußball erfahren, Annes Berichte aus Küche und Büro zur Kenntnis nehmen, dann im Fernsehen die Tagesschau.

Hinterher geht Tschorsch ins Bett, soviel ich weiß, nicht immer ganz freiwillig, und manchmal, so erzählte Anne einmal, schlafen sie beide schon ein, während sie noch in Tschorschs Büchern blättern.

Also komme ich mit, laufe mit Tschorsch die Treppe hinunter, über die Straße, durch warmen Regen zu seinem Haus, dessen Fenster freundlich gelb in die Nacht blinken.

Anne öffnet die Tür und lächelt, sie scheint sich wirklich zu freuen, mich zu sehen, und diesen Eindruck hat sie nicht immer gemacht, wenn ich in ihrer Küche hantierte.

Ist etwas passiert, denke ich, habe ich mich irgendwie verändert, sehe ich anders aus, kann ja sein, dass die Lizenz für meine äußere Erscheinung abgelaufen ist, dass sich niemand darum gekümmert hat, mein Betriebssystem zu warten, keine Updates von zuhause, so etwas kommt vor, einfach vergessen.

Für einen Moment schießen mir solche Gedanken durch den Kopf, aber das ist es nicht, denn Anne lächelt einfach, strahlt, und sie meint mich.

Anatol sah gut aus, wie er da im Flur stand,
anders als sonst, viel entspannter.
Beim Kochen hat er immer so streng gewirkt,
so eilig, ruppig geradezu, als hätte er einen präzisen Plan für ein knappes Zeitfenster programmiert, ausschließlich am Ergebnis orientiert, aber keinesfalls an der Sache selbst.
Er schien mit dem Augenblick nicht viel anfangen zu können, sein Weg führte nur zum Ziel,
ohne Umwege, ihm fehlte offenbar wirklich so
etwas wie die Lust am Leben, oder das Leben
selbst, und so betrachtet steht da plötzlich ein
ganz anderer vor mir, ein Kerl aus Fleisch und
Blut, lebendig, freundlich, lustig, duftend: Zum
Verlieben.

zwei

Es ist dann mit Anne ganz ähnlich wie mit Rita gewesen, ein bisschen ruhiger vielleicht, weniger geräuschvoll, dafür erheblich länger, ich habe gar nicht gewusst, dass es da auch in der Zeitachse Unterschiede gibt.

Annes Säfte brachten in der Analyse keine neuen Erkenntnisse, da zumindest scheinen feste Standards zu gelten, wenn ich auch bisher nur weibliche Exemplare untersucht habe.

Die andere Hälfte der Bewohner, zu der ja Beckenbauer und Tschorsch zu zählen sind, weist meist gewisse Merkmale auf, die sie von den Frauen unterscheiden, Körperbehaarung, Bäuche, Anzüge, das sind solche Dinge, und vermutlich haben jene auch eine andere, noch zu erforschende, bestimmt wesentliche Rolle im Ablauf der Reproduktion.

Franz ist mir über all diesen Fragen in der letzten Zeit etwas aus dem Blickfeld gerutscht.

Ich habe ihn nicht vergessen, nur ihm gilt mein Auftrag, und auch die Abschweifungen mit Rita oder Anne haben ja ihre Ursache letztlich in meiner Neugier auf Beckenbauers und damit aller Menschen Wesen und Zusammensetzung.

Doch es ist nun an der Zeit, seiner tatsächlich habhaft zu werden, ich bin hier, um Franz Beckenbauer zu fangen, das ist mein Plan, und ihn will ich gewissenhaft ausgeführt haben, ehe der Mond wieder über Koho steht.

Denn in München habe ich ausreichend Zeit verbracht, ich habe die Stadt gesehen, die Gewohnheiten ihrer Bewohner erkundet und Kontakt mit verschiedenen Exemplaren gehabt.

Das ist gut und schön gewesen, hilfreich auch, und vielleicht ist es ja sogar so, dass mein Aufenthalt auf diesem Planeten sich bereits länger als unbedingt notwendig hinzieht, eben weil es hier so ist, wie es ist.

Es gefällt mir, das ist nicht mehr zu leugnen, ich mag München, und vielleicht habe ich sogar Angst davor, mir eingestehen zu müssen, dass ich gern hier bleiben würde, um mich einfach unter die Bewohner zu mischen und ein sogenannter Bayer zu werden.

Aber das kommt selbstverständlich überhaupt nicht in Frage.

Es gibt Dinge, die erledigt werden müssen, und nachdem Rita mich tatsächlich mit einigen exklusiven Informationen über die Gewohnheiten Franz Beckenbauers versorgt hat, will ich nun unverzüglich zur Tat schreiten.

Ich besorge mir zuerst ein Auto, um unbemerkt arbeiten zu können.

Von Anne habe ich gehört, wie dabei zu verfahren ist, ein Modell definieren, Interesse bekunden, probefahren, bezahlen, so geht das.

Ich entscheide mich für den flachen, unauffälligen Wagen eines italienischen Herstellers, billig und gebraucht, dessen Beschleunigungswerte mir zwar ziemlich dürftig vorkommen, dessen Namen ich aber mag.

Testarossa, das klingt nach Zuverlässigkeit, Wissenschaft und Präzision in meinen Ohren, ganz seriös, so wie der Name des Mannes, der, wie ein kleines Schild im Motorraum Auskunft gibt, das Fahrzeug montiert hat, Enzo Ferrari, das hat einen guten Klang, Enzo Ferrari, wie Albert Einstein oder Isaac Newton.

Als ich mich auf eine auswärtige Straße begebe, um den Wagen ein bisschen anzupassen, muss ich leider feststellen, dass das Potential dieses Mobils schon lange vor der Schallmauer ausgeschöpft ist.

Das ist enttäuschend, und um so verwunderlicher finde ich es, von einheimischen Behörden unterwegs angehalten zu werden, deren Vertreter behaupten, ich sei zu schnell gefahren.

Ich entziehe mich derlei überflüssigen Diskussionen, indem ich kurz auf eigene Ressourcen zurückgreife und mich mitsamt dem Fahrzeug vertikal entferne.

In der Folge etabliert sich das Konzept des Transports von Dingen oder Lebewesen mittels Ent- und anschließender Rematerialisierung als Teil des Repertoires der Science-Fiction-Literatur, wenn es auch wegen seines eingeschränkten Nutzens als Hilfsmittel zur Voranbringung der Handlung nicht die Verbreitung anderer Konzepte wie etwa der überlichtschnellen Raumfahrt erreicht.

Einen Boom erlebt das Konzept allerdings mit dem Beginn der Science-Fiction-Serien im Fernsehen.

Insbesondere die Serie »Raumschiff Enterprise« der 1960er Jahre, in die das dort Transporter genannte Konzept ursprünglich aus Kostengründen eingeführt wurde, um in der Produktion aufwändige Landesequenzen auf fremden Planeten umgehen zu können, sorgt für einen Popularitätsschub.

Der von der Reihe inspirierte Satz »Beam me up, Scotty« wird zum geflügelten Wort der Alltagskultur.

Es gibt Grenzen auf diesem Planeten, gleich vor der Stadt München zum Beispiel, man fährt los, erreicht die Berge, das Tal des Flusses Inn, und kommt in ein anderes Land, das Österreich heißt, ziemlich klein und neblig ist und dessen Administration traditionell nichts Besseres zu tun hat, als in den Büschen neben der Straße auf Fahrer zu lauern, denen sie in räuberischer Weise Wegezoll abverlangen kann.

Ich entkomme ihren Nachstellungen glücklich, indem ich meinen Wagen über einen Acker lenke und in den Bergwäldern verschwinde, die hier die Landschaft zieren.

So erreiche ich die gewundene Straße nach Kitzbühel, die ein Zementwerk quert, ein paar Tankstellen und einige Gaststätten, in denen den Reisenden Speck und Rum angeboten werden.

Danach wird es dunkler, wüster, es gibt Schluchten, Felsabbrüche, Tannenbäume, Wasser läuft über den Weg und schwarze Vögel sind in der Luft, die Temperatur sinkt mit jedem Meter Höhe, Wolken stieben über den Himmel, es riecht nach Schnee und Wildfleisch.

Ich suche mir eine finstere Ecke und parke.

Der Boden hier ist steinig, gelbe Erde füllt die Räume zwischen kantigen Brocken, darüber liegt eine dünne, schwarze Schicht Humus, mit Fichtennadeln durchsetzt und kleinen Flecken Moos bedeckt.

Gelegentlich stehen da Pilze oder niedriges Gebüsch mit sauren roten Beeren, Tau tropft von den Blättern auf winzige Nacktschnecken, die an abgebrochenen Zweigen kleben, Bäume knarzen im Wind und neigen sich nach Osten, 34 Säugetier- und 17 Reptilienarten hausen in dem Wald, und Fische, die unten im Wildbach zappeln.

Ich frage mich, wie Menschen hier überleben können, die ja in ihrer Konstitution viel empfindlicher sind als ich, ohne schützendes Gehäuse, ohne ihre Automobile kommen sie hier in der Natur nicht weit, vermute ich, und im Wald, Tieren und der Witterung ausgesetzt, sind sie wohl vom Tod bedroht.

Feindlich ist diese Umgebung, die nicht umsonst Tirol heißt, und wen also ein missgünstiges Schicksal an diesen Ort wirft, muss jederzeit mit dem Schlimmsten rechnen, mit sinistren Wallungen, pulsierender Panik, schierer Angst, hier allein zu sein, ist sicher eine wenig erstrebenswerte finale Herausforderung.

Und doch ist dies auch der Platz, an dem meine Mission nun ihren Abschluss finden soll.

Dieser Gedanke stimmt mich zuversichtlich und froh, ich bin sicher, dass jetzt alles sehr einfach sein wird, leicht, und erinnere mich plötzlich an einen Meister aus München, der mich vor wenigen Tagen oder Monaten in meiner Wohnung aufgesucht hat, um, im Auftrag städtischer Räte, die Durchflussmessgeräte für gasförmige Energielieferungen abzulesen und zu warten.

Der Mann hat zu diesem Zweck einen großen eisernen Behälter und einiges Werkzeug angeschleppt, und während er schraubt und ich im Türrahmen stehe, um ihm zuzusehen, plappert er unentwegt, von seiner Mutter, seinem Bruder, und von den anderen Leuten, die er heute schon besucht hat, um ebenfalls ihre Zähler zu kontrollieren.

Er lacht, hantiert glucksend mit einem primitiven Rechner, erzählt von Gasherden, Heizungen, Warmwasser, Brennwerten, ist also ganz und gar in seinem Element, schließt derweil seine Arbeiten ab, startet die Heizung neu, räumt zusammen, einigen feuchten Dreck aus den Profilsohlen seiner Arbeitsstiefel hinterlassend, bewundert noch kurz diverse Instrumente, die ich in einer Ecke aufgebaut habe, lacht wieder, will mir die Hand schütteln, sieht auf eine riesige Uhr, die er am Gelenk trägt, verabschiedet sich fröhlich und poltert die Treppe hinunter, während ich denke, eben einen vollkommen glücklichen Menschen gesehen zu haben.

Dieser Mann lebt nur hier und jetzt und macht sich keine Gedanken über das, was gestern war oder morgen sein wird, er hat keine fernen Ziele, keine Pläne, tut, was zu tun ist, und nichts anderes, er tut es ganz, mit Hingabe und Ernst, und deshalb fühlt er sich frei, kann lachen, und hätte mit niemandem tauschen mögen in dieser Welt.

Schon gar nicht mit einem Jäger von Koho, denke ich noch, und wahrscheinlich nicht einmal mit Franz Beckenbauer, wenn er denn überhaupt jemals auf die Idee kommt, sich solche Gedanken zu machen, womit eigentlich nicht zu rechnen ist.

Langsam geht die Sonne auf über den Bergen, ein zarter Schein kriecht in den Wald und beginnt, den Nebel wegzulecken, es raschelt im Unterholz, ein heiseres Krächzen hängt in den Wipfeln der Bäume, und unten auf der Straße hebt das Brummen und Lärmen wieder an, das Geschiebe der Autos, auf dem Weg zwischen München und Kitzbühel.

Ich weiß, dass er kommen wird, ich weiß sogar, wann, ich weiß, in welchem Wagen er fährt, und auch, dass er allein sein wird.

Rita hat mir berichtet, dass Beckenbauer so früh am Morgen noch ziemlich langsam ist in seinen Reflexen, dass er überdies beim Fahren oft laute Schlagermusik aus dem Radio hört, also akustisch erheblich gehandikapt ist.

Franz würde auf dem Weg zum Flughafen sein, er ist also sowieso schon auf eine Reise eingestellt, hat ein paar Sachen dabei, Kleider, Zahnbürste, Bargeld, und niemand würde ihn so schnell vermissen, wenigstens einen oder zwei Tage kann es schon dauern, ehe jemand ernsthaft nach ihm fragt.

Und wenn die Sache für Außenstehende wie ein leichter Auffahrunfall aussieht, ohne Personenschaden, nur etwas verbeultes Blech und kaputtes Glas, schließlich ist die Straße eng und manchmal ziemlich glatt, dann würde sich auch niemand einmischen, zwei lädierte Autos, zwei diskutierende Fahrer, kein Grund anzuhalten, man hat ja noch etwas zu tun heute.

Also starte ich den Wagen und fahre ihn auf einen Forstweg, der in einer unübersichtlichen Kurve auf die Landstraße stößt.

Es sind nur noch achtzehn Minuten, bis Franz Beckenbauer hier durchkommt.

Er ist bereits unterwegs, hat Kitzbühel verlassen, er hat, wie immer, geduscht, gefrühstückt, seine Frau geküsst und eine Tasche ins Auto gestellt, er hat auf der Strecke noch getankt, weil das Benzin in Österreich billiger ist als in Deutschland, und warum soll man auf diesen kleinen Vorteil verzichten, wenn sich schon die Gelegenheit bietet, er hat das Radio aufgedreht, das Schiebedach geöffnet, würzige Waldluft geatmet und sich auf einen guten Tag gefreut.

Bedeutenden Einfluss auf Glücksempfindungen haben nachweislich Endorphine, Oxytocin sowie die Neurotransmitter Dopamin und Serotonin.

Das Gehirn setzt diese Botenstoffe bei unterschiedlichen Aktivitäten frei, zum Beispiel bei der Nahrungsaufnahme, beim Geschlechtsverkehr oder beim Sport.

Dass chemische Substanzen große Wirkung auf unser Gefühlsleben ausüben, dass sie unsere Gemütslage kurzfristig verändern können und unser Verhalten mitbestimmen, stellt das herkömmliche Menschenbild zum Teil in Frage.

Von der pharmazeutischen Industrie zu medizinischen Zwecken hergestellt, werden solche Substanzen etwa bei Depressionen in Medikamentenform verwendet.

Sie kommen aber auch bei Drogenkonsumenten zur Anwendung.

Einige Drogen veranlassen das Gehirn, diese Substanzen unnatürlich stark auszuschütten, und beeinflussen ihr Wirkungsgefüge derart heftig, dass es aufgrund des Konsums zu einer Überschwemmung mit diesen endogenen Botenstoffen während der Wirkungszeit kommt.

Dieser Zustand kann im Konsumenten ein mehrere Stunden dauerndes Glücksgefühl hervorrufen.

Ich ramme ihn einfach, krache mit meinem Wagen in seine rechte Seite, beide Fahrzeuge drehen sich, es gibt ein schrilles Geräusch, dann stirbt mein Motor ab, auch Beckenbauers Auto steht still, wir sitzen da, Franz dreht überrascht den Kopf und sieht mich an.

Er ist älter, als ich gedacht habe, unscheinbarer, weniger körperlich, da strahlt kaum etwas.

Seine Haut trägt er gebräunt, mit dunkleren Flecken auf der Stirn, das Haar ganz weiß, schütter, er hat dünne Falten um den Mund und die Augen, die schmalen Lippen zusammengepresst, die Ohren zu groß.

Am Hals, der aus einem offenen Hemdkragen ragt, wölben sich zwei Adern aus der schlaffen Oberfläche.

Beckenbauers Augen sind dunkel, klein, von den Brauen überschattet, und seine Brille sitzt schief.

Am schönsten ist seine Nase, die schmal und glatt und wohlgeformt im Gesicht steht.

Franz Beckenbauer hockt also in seinem Auto, zwei Meter von mir entfernt, und schaut mich an, die Farbe seines Blicks wechselt dabei von müde und erschrocken zu trotzig und erstaunt.

Dann flammt der Zorn auf, er realisiert, was passiert ist, und Franz erinnert sich schnell daran, wer er ist, Fußballgott, Bayernpräsident, Gesellschaftstiger, so jemand lässt sich nicht einfach stoppen auf seinem Weg, es geht voran, das ist die Richtung, und auch hier würden sofort klare

Verhältnisse geschaffen werden, ein Unfall, zwei Gegner, ein Verursacher.

Beckenbauer weiß, was zu tun ist.

Er steigt aus seinem Auto.

Ich kann genau sehen, was er denkt.

Und als er aus dem Wagen klettert, sich aufrichtet, das Kinn hoch reckt und auf mich zukommt, da warte ich gar nicht, bis er den Mund öffnen kann, um mich über seine Auffassung zur Schuldfrage dieses kleinen Malheurs zu informieren, sondern schnappe ihn einfach.

Die beiden Fahrzeuge lasse ich, wo sie sind, in der vagen Hoffnung, dass ihre Erbauer, August Horch und Enzo Ferrari, sich vielleicht um sie kümmern würden.

Dann quere ich Tirol, diese unwirtliche Gegend, in der Überzeugung, nie wieder hierher zurückkehren zu müssen, und erreiche München, meine Wohnung, noch ehe es richtig hell geworden ist.

Beckenbauer lege ich erst einmal in die Küche.

Er wirkt jetzt doch ein bisschen mitgenommen.

Dann verhänge ich alle Fenster, schiebe meine Instrumente, Ersatzteile und Akkumulatoren an die Wand und bereite etwas Tee, den ich Franz verabreichen will, wenn er wieder zu sich kommt.

Sein Körper soll entspannt und nicht zu trocken sein, wenn er auf dem Weg nach Koho geht.

Und während ich, fast automatisch, hantiere, ergreift mich plötzlich ein Effekt, eine Wallung, ein Gefühl möglicherweise, nicht der Freude und Genugtuung, meinen Auftrag endlich erfüllt zu haben und heimreisen zu dürfen, um dort gelobt und geehrt zu werden, sondern der Trauer, der Wehmut, des Heimwehs nach der Stadt, die ich noch gar nicht verlassen habe, nach München.

Ja, ich bin eine Maschine, in Serie hergestellt auf dem Planeten Koho, und programmiert, jagen zu gehen in den Weiten des Alls, doch ich bin auch fähig zu lernen, je nach den Gegebenheiten meines Auftrags.

Und wenn es auf der Erde üblich und nützlich ist, Gefühle zu haben, so kann ich selbstverständlich auch das.

Ich erkenne den Bedarf, beobachte, analysiere, berechne die Zusammensetzung der Ressourcen und produziere dann eben: Gefühle.

Das aber scheint sich jetzt gegen mich oder wenigstens gegen den geplanten Abschluss meiner Mission zu wenden, denn mein Wunsch, in München zu bleiben, kollidiert auf unvereinbare Weise mit der Erwartung des Rats, noch heute Nacht Franz Beckenbauer von mir geliefert zu bekommen.

Ich muss nachdenken, Zeit gewinnen, vielleicht eine Simulation entwerfen, die leider bereits abgesetzte Meldung meines Fangs relativieren, Probleme mit der Hardware melden, einfach untertauchen, mich tot stellen, irgend etwas in der Art.

Und dann weiß ich, was ich tun werde, es ist logisch, es ist, in gewisser Weise, schon immer Bestandteil des Plans gewesen, eine Option für den Fall, dass die zuhause festgelegten Auftritte sich nicht als ausreichend glaubwürdig erweisen, dass die Kostüme nicht passen, sozusagen, die Maske verrutscht.

Das Gehäuse zu wechseln ist dann die Anweisung, eins der örtlichen Exemplare sicherzustellen, stillzulegen, und in seine Haut zu schlüpfen.

Das ist die Variante, an die ich mich erinnere, jetzt, da ich Hilfe brauche.

eins

Ich habe es geschafft.

Ich, Anatol Hinueber, bin Franz Beckenbauer, und ich fühle mich gut in seiner Hülle.

Sie passt, das ist praktisch und angenehm, es hat nicht diese üblichen Scherereien mit mangelnder Kompatibilität gegeben, da Beckenbauers Volumen ausreichend ist und ich mir im zurückliegenden Jahr die menschliche Motorik weitgehend zu eigen habe machen können.

Ich brauche gar nicht lang, um mich in ihm einzunisten und alle Funktionen zu optimieren, dann werfe ich einiges übriggebliebenes Material weg, gehe in der Wohnung auf und ab, federnd, balancierend, schneller werdend, atmend.

Ich bekomme bald Hunger, Lust, nach draußen zu gehen, ich will Leute sehen, mit ihnen reden, ja, ich will mich zeigen, will es hinausschreien, ich bin Franz Beckenbauer, das will ich jetzt allen sagen.

Aber das kommt natürlich überhaupt nicht in Frage.

Gerade in dieser Phase ist höchste Vorsicht angebracht, es muss erst einmal erprobt werden, ob die Tarnung funktioniert, ob ich als Beckenbauer glaubwürdig bin.

Vor allem muss ich mich selbst an die Situation gewöhnen, die ich so kurz entschlossen herbeigeführt habe, denn mit meiner Entscheidung, Franz zu sein, habe ich alle Brücken nach Koho abgebrochen.

Es gibt kein zurück mehr, ich habe einen Befehl verweigert, den Auftrag nicht erfüllt, mein Land verraten, niemals mehr kann ich dort leben oder auf technischen Support hoffen.

Mein Schicksal heißt ab heute Beckenbauer, und auf dem Planeten Erde werde ich einst begraben sein.

Bin ich Mensch geworden?

Ich, der ich vom Himmel kam?

Das muss noch herausgefunden werden.

Einstweilen höre ich Beckenbauers Mailbox ab, memoriere seinen PIN-Code, gewöhne mich an den grauen Wollanzug, in dem ich Franz aufgegriffen habe, und überlege, was ich sagen soll, wenn es jetzt auf einmal klingelt und Rita vor der Tür steht, oder Anne, oder Tschorsch.

Soll ich ihnen erklären, was passiert ist, von meinem Auftrag sprechen, dem großen Plan, meinen Recherchen, dem Anschlag?

Das habe ich noch nie getan.

Soll ich ihnen sagen, dass es eigentlich noch immer Anatol ist, der da zu ihnen spricht, oder soll ich meine Herkunft sofort vergessen, das Geheimnis auf meiner Festplatte verschließen, und, wenn ich schon Franz bin, nun wirklich auch nur noch Franz sein?

Das ist bestimmt das beste, ich kann nichts als Vorteile darin erkennen.

Tschorsch hätte endlich jemanden, der glaubwürdig als Fußballer ist, Rita wäre sicher zufrieden, da ja Beckenbauers Reproduktionsverhalten offenbar Gelegenheiten jederzeit zu erkennen in der Lage ist.

Nur ist mir nicht bekannt, ob Beckenbauer kochen kann, aber das weiß bestimmt auch Anne nicht, so dass sie es vermutlich als willkommenen Zusatznutzen begrüßen würde, wenn Franz einen Fisch zu bereiten versteht.

Nun ist es aber leider so, dass schon am nächsten Morgen in allen Zeitungen steht, Franz Beckenbauer sei nach einem Autounfall auf der sogenannten Eibergbundesstraße verschwunden.

Man hat seinen Wagen gefunden, ein zweites Auto, kaum Spuren, keine Anzeichen einer Verletzung, aber eben auch keinen Hinweis auf den Verbleib der beiden Fahrer.

Es wird überall spekuliert, sehr vorsichtig natürlich, niemand will sich Ärger einhandeln, wenn Beckenbauer morgen in irgendeiner Pressekonferenz sitzt und vom Selbstverständlichsten redet, doch es gibt Andeutungen,

Gerüchte, Klatsch, eine Liebesgeschichte, Probleme mit der Steuer, oder ein Projekt in Saudi-Arabien.

Niemand schreibt über das Wahrscheinlichste.

Denn das, was geschehen ist, hat ja wohl früher oder später passieren müssen, es ist doch auf jeden Fall damit zu rechnen gewesen, dass Beckenbauers Talente auch anderswo Aufmerksamkeit erregen.

Wenn also einer wie Franz verschwindet, braucht man nicht unbedingt in den Büschen hinter Kufstein nach ihm zu suchen, sondern ist gut beraten, den Blick ein wenig weiter schweifen zu lassen.

Um so überraschter sind die Bewohner Münchens und der Welt, als Franz Beckenbauer schon nach sehr kurzer Zeit wieder auftaucht, unverletzt und munter, kein Wort über den Unfall in Tirol verliert, sondern ganz grundsätzlich über sein Leben spricht, darüber, dass er das Haus in Kitzbühel aufzugeben gedenkt, dass sich seine familiäre Situation etwas verändern würde, in aller Freundschaft natürlich, und dass der FC Bayern in dieser Saison die Meisterschaft mit einer Sechserkette zu erringen beabsichtige.

Als komplizierteste Regel im Fußball gilt die Abseitsregel.

Die Abseitsregel ist eine Bestimmung, die bestimmte Spielfeld-Positionen angreifender Spieler gegenüber den

Verteidigern der gegnerischen Mannschaft als regelwidrig erklärt und somit den Angriff auf das gegnerische Tor unterbindet.

Ich erläutere das nicht näher, sondern mache mich bald auf den Weg zu Rita, die wohl eher mit einem Besuch von mir, also Anatol, als mit einem Besuch von mir, also Franz Beckenbauer gerechnet hat.

Da sie Franz jedoch bereits kennt, den Meister der Wendigkeit, ihren Chef, und dieser wohl auch in dem einen oder anderen ihrer Träume schon vorgekommen ist, dauert es gar nicht lange, bis sich eine schöne Vertrautheit mit ihm, also mir, eingestellt hat, und wir uns wieder hingebungsvoll dem Studium ihrer Körperöffnungen widmen können.

Doch auch in der Säbener Straße gibt es viel zu tun.

Der Verein hat zur Stunde nicht die Position in der Tabelle, die ihm gebührt, Grund genug also, öffentlich über die Qualifikation des Trainers zu sprechen, und den Einsatz mancher Spieler.

Dass der eine, seinen schon öfter geäußerten Neigungen folgend, vielleicht besser in der Ukraine spielen sollte, und der andere in Köln, das darf doch gesagt werden, so werden Prozesse in Gang gesetzt.

Die Zukunft speist sich aus der Veränderung, und auch über den Geschäftsführer kann geredet werden.

Ist er der richtige für einen Fußballclub, was ja heute nichts anderes ist als ein Unterhaltungsbetrieb, ein Wanderzirkus, ein Medienunternehmen also, oder ist er eher befähigt, so etwas wie eine Wurstfabrik zu führen?

Ich übernehme das Ruder in schwierigen Zeiten.

Der FC Bayern hat viel Geld ausgegeben in den letzten Jahren, für das Stadion, für Spieler, einen Trainer nach dem anderen, für bestickte Lederhosen, die Dekoration der Mannschaftsduschen, Weißbier und spirituellen Service.

Es ist notwendig, eine Neuausrichtung vorzunehmen, die mehr Nachhaltigkeit garantiert und global zu vermarkten ist, denn nur mit Eintrittsgeldern, Werbeeinnahmen und Fernseherlösen ist keine akzeptable Umsatzrendite mehr zu erzielen.

Warum also nicht das Prinzip, das Franz auf Koho hätte verkörpern sollen, als Beckenbauer in München verwirklichen?

Eine Fußballmannschaft ist ja, unter anderem, auch ein erstklassiger Genpool, die Spieler sind jung, gesund, kräftig, wohlhabend, berühmt, es sollte ein Leichtes sein, dieses Potential gewinnbringend zu verwerten, und das Gelände des Clubs ist groß genug, entsprechende Einrichtungen aufzunehmen.

Wir können weltweit für dieses innovative Konzept werben, und später vielleicht auch Filialen eröffnen, in Texas, Shanghai oder anderswo.

Darüber will ich unbedingt mit dem Aufsichtsrat des FC Bayern sprechen, gleich morgen früh.

Voraussetzungen zur Kostenübernahme durch gesetzliche Krankenkassen für medizinische Maßnahmen zur Herbeiführung einer Schwangerschaft sind: Herkömmliche Behandlungsmaßnahmen wie alleinige hormonelle Stimulation oder eine Fertilisationsoperation sind bereits ohne Erfolg geblieben; es besteht eine hinreichende Aussicht, dass durch diese Maßnahmen eine Schwangerschaft herbeigeführt werden kann; Personen, die die Kostenübernahme der Maßnahme in Anspruch nehmen wollen, müssen miteinander eine Ehe eingegangen sein; es dürfen ausschließlich Eizellen der Ehefrau verwendet werden; die Versicherten müssen das 25. Lebensjahr vollendet haben.

Der Bundesfinanzhof in München urteilte, dass neben verheirateten auch unverheiratete, empfängnisfähige Frauen die ihnen entstehenden Kosten einer künstlichen Befruchtung von der Steuer absetzen können.

Anne ist dann schon ziemlich überrascht, als plötzlich Franz Beckenbauer in ihrer Küche steht und erklärt, dass es nach einem im Sud von Grünem Veltliner pochierten Saibling ein Holunderblütensoufflee geben würde.

Sie hat offenbar nicht damit gerechnet, dass ich Fisch servieren, noch viel weniger damit, dass ich Champagner mitbringen würde, aber schließlich gibt es einen Grund zu feiern: Meine Einbürgerung in München, meine Ankunft in Franz, und die Gründung einer Familie, einer sehr großen Familie.

Meine Wohnung jedenfalls ist jetzt für all das nicht mehr ausreichend.

Und auch wenn ich noch gar nicht weiß, was aus Beckenbauers Ehefrau, den Exfrauen und ihren ganzen Kindern werden soll, bin ich mir doch sicher, nicht nach Kitzbühel ziehen zu wollen.

Dieses Dorf ist einfach zu klein für mich, die Berge stehen zu nah, viel zu wenig vom Himmel zu sehen, und zu Tirolerhäusern bin ich sowieso inkompatibel.

Tschorsch hat einmal, vor längerer Zeit, von seinem Traum erzählt, von einer Wiese mit Tieren und Obstbäumen und kleinen Hütten aus Gras, von roten Beeren und kühlem Quellwasser, blauen Blumen, Schmetterlingen, Honigduft, und von dem Spiel, das dort, auf dieser Wiese, gespielt wird, dem Fußballspiel, das hier seinen Anfang und vielleicht auch sein Ende hat.

Diesen Hain will ich suchen, er wäre der Ort, um in Frieden zu wohnen, oder wenigstens zu verweilen, für einen Augenblick.

Nur habe ich leider keine Ahnung, ob dieser Platz in München zu finden ist oder in Indien oder auf dem Meeresgrund, vielleicht gibt es ihn auch gar nicht, und ich muss ihn erst schaffen, mir ein Stück Erde untertan machen, das Land vom Wasser scheiden, junges Grün wachsen lassen, alle Arten von Pflanzen, die Samen tragen, und von Bäumen, die auf der Erde Früchte bringen.

So würde es geschehen, denke ich, und so geschieht es, und ich sehe, dass es gut ist, und es wird Abend, und es wird Morgen: Letzter Tag.

Denn ich lege in Eden, im Osten, einen Garten an, und setze dorthin die Menschen, die mich geformt haben, lasse aus dem Ackerboden allerlei Bäume wachsen, verlockend anzusehen und mit köstlichen Früchten.

In der Mitte des Gartens aber steht der Baum des Lebens und der Erkenntnis von Gut und Böse.

Und ich sehe die Menschen an und sie sind mir ähnlich, und wir herrschen über die Fische des Meeres, über die Vögel des Himmels, über das Vieh, über die ganze Erde und über alle Kriechtiere auf dem Land, und sind fruchtbar und mehren uns.

Kompliziert daran ist nur, dass es für Grundstücke im Außenbereich keine Baugenehmigung gibt, auch wenn dort nur ein paar Grashütten oder ein kleines Dorf oder eben ein Paradies errichtet werden soll.

Das sogenannte Landratsamt schickt mir einen unmissverständlichen Brief, in dem das Wort Zwangsabriss vorkommt, und Bußgeldbescheid, und Säumniszuschlag, und als ich die Nummer des zuständigen Sachbearbeiters endlich herausgefunden habe und auch, wann er überhaupt an seinem Arbeitsplatz zu erreichen ist, da muss ich mir anhören, dass man schon wisse, wer ich sei, und dass es durchaus nicht angehe, einfach darauf zu vertrauen, dass man jemandem wie mir solche Sachen durchgehen lasse.

Vor dem Gesetz seien alle Menschen gleich, wird mir beschieden, das gelte auch für mich, sogar in besonderem Maße.

Es scheint also doch ein paar Nachteile zu haben, Franz Beckenbauer zu heißen.

Aber Anne und Rita mögen den Namen sehr, sicher auch, weil sich einiges an Einfluss, Vermögen, Ansehen damit verbindet.

Sie lieben es, glamouröse Empfänge und Abendveranstaltungen mit mir zu besuchen, nehmen mich dann fröhlich in die Mitte, links und rechts eingehakt, Rita wackelt mit ihrem Hintern, Anne schaut die Leute herausfordernd an, die eine flüstert mir Franz ins Ohr, die andere Beckenbauer, und ich selbst, ich weiß wenigstens genau, wer ich bin, Anatol von Koho, der Gott-aus-Giesing.

Ich habe also wirklich keine Probleme damit, Beckenbauer zu sein, ich fühle mich sicher in seiner Haut, ganz und gar eins mit seinem Körper, ich laufe wie er, stehe wie er, habe sein Lächeln gelernt, seine Stimme, ich kann reden wie Franz, und es wird bestimmt nicht lang dauern, dann denke ich auch wie er.

Für Tschorsch aber ist es ein bisschen enttäuschend gewesen, dass unser Gartenprojekt so schnell gestoppt wurde.

Die Aussicht, mit Beckenbauer eine Wiese vor der Stadt zu bespielen, hätte ihn wohl dafür entschädigt, dass ihm sein seltsamer Freund Anatol abhanden gekommen ist.

Und auch wenn er mich manchmal ansieht, als dämmere ihm, dass es möglicherweise einen Zusammenhang zwischen dem Verschwinden Anatols und dem zeitgleichen Auftauchen Franz Beckenbauers in der Wohnung seiner Mutter gibt, glaube ich doch, dass es besser ist, Tschorsch vorläufig nicht die Wahrheit über diese Geschichte zu sagen.

Vielleicht kann ja irgendwann jemand all das aufschreiben, was ich, Anatol Hinueber, auf dem Planeten Erde erlebt habe, wie ich nach München gekommen bin, mich eingelebt und Freunde gefunden habe, und wie ich, über der Erfüllung meines geheimen Auftrags, schließlich selbst zu Franz Beckenbauer wurde.

Daraus kann ein Roman werden, genau jener, den zu recherchieren ich vor langer Zeit in meinem Brief an Franz behauptet habe.

Das Thema ist neu und gut: Ein Außerirdischer, der, angelockt vom in die Weiten des Alls vorgedrungenen Ruhm Beckenbauers, nach Bayern reist, um sein Idol zu jagen, diese Jagd aber tarnt als Erzählung einer Jagd, als Buch eben über ein Alien, als dreiste Erfindung.

Unbedingt wahr aber ist, und damit kommt nun dieser Bericht zum Ende, dass nicht lange nach all den dramatischen Begebenheiten zwischen München und Kitzbühel Rita wie Anne guter Hoffnung sind, dass sie also, wie geplant und gewünscht, mit der Reproduktion beginnen, natürlich ganz langsam erst, jede mit einem einzigen Exemplar, das sie über Monate wachsen lassen, die aber beide am selben Tag das Licht dieser Welt erblicken, aus großen Augen, die blau sind, ganz blau.

zero

Gestaltung und Satz:
Johannes Steil, Hamburg
www.brotschrift.de
Umschlag:
Cornelia Hamberger – doubleju-design
unter Verwendung eines
Fotos von Martin Fengel
Druck und Bindung:
Interpress, Budapest

Printed in Hungary

ISBN 978-3-87410-119-6

www.kirchheimverlag.de
Postfach 15 11 02, 80047 München